浅田次郎　火坂雅志 ほか

# 動乱！　江戸城

実業之日本社



実業之日本社文庫

動乱！　江戸城　《目次》

＊本書は実業之日本社文庫のオリジナル編集です。
＊本書は各作品の底本を尊重し編集しておりますが、明らかに誤植と判断できるものについては修正しました。また、差別的ととられかねない表現が一部にありますが、著者本人に差別的意図がなく、作品の芸術性を考慮し、原文のままとしました。（編者、編集部）

# 梅、一輪

火坂雅志

火坂雅志《ひさかまさし》（一九五六～二〇一五）

新潟県生まれ。早稲田大学在学中は早稲田大学歴史文学ロマンの会に所属、歴史文学に親しむ。一九八八年に伝奇小説『花月秘拳行』でデビュー。一九九九年刊行の『全宗』からは、最新の研究を踏まえた重厚な歴史小説を発表するようになり、『覇商の門』や『黒衣の宰相』など、従来とは異なる角度から戦国を捉える作品で注目を集める。直江兼続を描き、二〇〇九年大河ドラマの原作に選ばれた『天地人』で、第一三回中山義秀文学賞を受賞。その後は、地方で活躍する武将に注目するようになり、伊達政宗を描く『臥竜の天』や『真田三代』を発表。二〇一五年に急逝、『天下家康伝』が遺作となった。

一

徳川家康初期の功臣といえば、
酒井忠次《さかいただつぐ》
石川数正《いしかわかずまさ》
の名があげられる。
東三河の地侍たちをひきいる旗頭が酒井忠次で、西三河の旗頭が石川数正であった。
二人はともに、三河の地侍のなかでは名家の出で、家康が駿河今川家で人質暮らしを送っていた少年時代から側近として仕えていた。いずれも実家の力を背景にしているもののの、あるじとの個人的な結びつきと、みずからの才覚によってその地位を手に入れている。
彼らに対し、徳川家臣団のなかで特異な地位を築いていったのが、大久保家にほかならない。
大久保家には、代々伝わるひとつの家訓があった。
「子は宝なり。一族繁栄のため、子作りに励むべし」
というものである。

その家訓のせいかどうか、大久保家には子沢山《こだくさん》な者が多い。このため、大久保一族は本家だけでなく、支族の端々まで血脈の枝葉を繁茂させ、

——大久保党

と呼ばれる、ひとつの族党組織を形成するに至った。その一党に属する者、ゆうに七十余名を数える。徳川家臣団のなかでの、一大勢力といっていい。まさしく、数は力なりである。

大久保党は、草創期以来の家康の合戦にすべて参戦。ことに、家康が三河統一を果たさんとする時期に起きた浄土真宗石山本願寺派の蜂起——いわゆる、三河一向一揆鎮圧戦での奮戦ぶりは、のちのちまで一党のあいだの自慢のタネとなっている。

三河はもともと一向宗が強勢な土地柄で、家康家臣の石川数正や本多忠勝《ほんだただかつ》ら、多くの者も一向宗徒であった。むろん、石川数正や本多忠勝は家康に従ったが、同族のなかには一揆方に加わる者もいたため、しぜん、一揆鎮圧の戦いの鉾先《ほこさき》は鈍る結果となった。

その点、大久保党は、代々の法華宗信者である。岡崎城へ押し寄せる一向一揆に対し、彼らは、

——南無妙法蓮華経《なむみょうほうれんげきょう》

の旗を押し立てて勇猛果敢に立ち向かい、これを撃退せしめた。いまだ勢力基盤の

弱かった家康にとって、これほど心強い味方はいなかった。

「よくぞやってくれた」

まだ二十二歳の若さで、後年のように感情を肉厚の瞼の奥に押し隠したたかさを身に付けていなかった家康は、大久保党ひとりひとりの手を強く握り締め、その労をねぎらった。

のちに徳川幕閣の重鎮となる大久保忠隣《ただちか》は、このとき十一歳。まだ元服前のことで、合戦には加わっていない。

ただし、多感な少年の目に、大久保党の武功はあざやかな印象をもって刻まれ、

（わが身のうちには、誉れある一族の血が流れているのだ……）

と、揺るぎない誇りと強い同族意識をたたき込まれた。

大久保新十郎忠隣――。

「武功武辺忠誠無双ノ人」（『大久保家記別集』）といわれた大久保忠世《ただよ》の嫡男である。天文二十二年（一五五三）、三河国碧海《あおみ》郡上和田《かみわだ》郷に生まれ、幼名を千丸《せんまる》という。

忠隣の父忠世は、大久保党の本家の当主ではない。忠世の伯父にあたる忠俊の家系が本家筋であったが、支流の忠世の家のほうに人材が輩出し、徳川家臣団で重きをなした。

忠世の弟治右衛門忠佐《ただすけ》は美髯《びぜん》自慢で知られ、長篠《ながしの》合戦での際立った活躍から、

——長篠の髯と、織田信長に賞されたとの逸話が残っている。また、もうひとりの弟彦左衛門忠《ただ》教《たか》は、歯に衣《きぬ》着せぬ言説で知られ、『三河物語』の作者としても高名である。

三河一向一揆のあと、勝利に気をよくした家康は、大久保忠世に、

「望みがあれば何なりと申してみよ。そのほうの武功にかえて叶えよう」

と、いくさの興奮醒めやらぬ面持ちで言った。

この戦いで、忠世は押し寄せる一揆勢の前に立ちふさがり、片目に矢を受けて傷つきながらも、体を張って敵の進撃を食い止めるという大功をあげている。

忠世は晒《さらし》に巻かれた顔を伏せ、

「殿にお仕えする者として当然のことをなしたまでにございます。望みというほどのものはございませぬ」

と、控えめに頭を下げた。

それを見た家康は、忠世に対する感謝の念をいよいよ深くし、なおも言葉を重ねた。

「遠慮することはない。そのほうの働きなくば、わが身はどうなっていたか知れぬのだ。恩には報いねばならぬ」

「されば ひとつだけ」

「おう、願いがあるか」

「はい」

忠世は隻眼を上げ、あるじをひたと見つめた。

「わが子千丸を、殿の近習《きんじゅ》の端にお取り立て下さいませ。それよりほか、願いの儀はございませぬ」

「さようなことか」

家康は上機嫌に笑い、

「よかろう。千丸は行くすえ長く、このわしが面倒を見よう」

と、元服のさいの烏帽子親《えぼしおや》まで、みずからかって出た。

千丸あらため大久保新十郎忠隣は、その武将としての人生の始まりから、家康の格別の引き立てと一族の栄光のなかにつつまれていたことになる。

二

大久保忠隣が初陣《ういじん》を飾ったのは、永禄十一年（一五六八）、遠州堀川《ほりかわ》城攻めのときである。当時、家康は頽勢《たいせい》にあった今川氏真《うじざね》を滅ぼすべく、遠州へと兵をすすめていた。

忠隣は十六歳。

父ゆずりの堂々たる体軀《たいく》の若武者に成長していたとはいえ、初陣はやはり恐ろしい。膝の裏あたりがむずむずとし、わけもなく手のうちに汗が湧いた。

「若造、臆しておるのか」

出陣前に声をかけてきたのは、榊原康政《さかきばらやすまさ》であった。

康政はのちに、徳川四天王に名をつらねる勇猛の士である。小姓をつとめていたころから家康に可愛《かわい》がられ、二十一歳になる今日まで幾多の戦功を重ねている。

「臆してなどおりませぬ」

忠隣はつとめて平静をよそおって言った。

内心の動揺を見透かされるなど、大久保一門としての誇りが許さない。

「さようかな」

榊原康政は戦場灼《や》けで黒光りする顔をゆがめ、

「震えているのではないか。さいぜんから、膝頭がぐらついておるぞ」

「これは武者震いというもの。お気遣いにはおよびませぬ」

忠隣は血走った目で、康政を睨んだ。

「ならばよいが」

かすかな嘲笑を残し、榊原康政が去ったあと、

（なにくそ……）

忠隣は唇を噛み、拳《こぶし》を強く握り締めていた。

背筋を駆け抜ける怒りのために、かえってさきほどまでの脅えが消え、妙に度胸がすわってきた。膝頭の震えも、いつしかおさまっている。

(目にものみせてくれる)

半刻《はんとき》(一時間)後、鉄砲の一斉射撃とともに城攻めがはじまった。

黒鹿毛《くろかげ》の馬にうちまたがった忠隣は、榊原康政、松平信一《のぶかず》、大久保甚十郎《じんじゅうろう》ら、錚々《そうそう》たる武将たちにまじって先陣争いをおこない、みごと城内への一番乗りを果たした。

無我夢中だった。

乱戦のなかで何人の敵を槍でつらぬき、屠《ほふ》り去ったかわからない。

ふと気がつくと、総身が蘇芳《すおう》を浴びたように返り血で染まり、周囲から敵の姿が消えていた。

先鋒《せんぽう》の榊原康政が重傷を負うほどの激戦であったが、忠隣にはかすり傷ひとつなく、戦いも味方の勝利に終わった。

家康は戸板にのせて担ぎ込まれた榊原康政を見舞ったのち、忠隣を呼んで一番駆けの功を激賞した。

「よくぞやった。さすがは忠世の倅《せがれ》じゃ。大久保新十郎は、わが自慢の家臣ぞ」

家康は忠隣の肩を抱くようにして何度もたたき、褒美としておのが身に着けていた陣羽織を脱いで与えた。

若い忠隣の感激、得意の思いは、どれほどのものであったろう。

（このお方のため、徳川家のため、生涯をかけて尽くし抜こう……）

不覚にも、涙がこぼれそうになった。

御前から下がったあと、下された陣羽織を自慢するように父に見せると、忠世は思わぬことを言った。

「あまり有頂天になるな。世に、浮かれて足元を見失うほど恐ろしいことはない」

「されど、父上……」

「なるほど、そなたはわが息子ながら、すぐれた武士《もののふ》の素質に恵まれておるようだ。だが、その才ゆえに天狗となり、とんだ落とし穴に嵌《はま》らぬともかぎらぬ」

「さようなことはございませぬ」

忠隣が唇をとがらせると、

「まあ、よい。そなたの浮沈は、つねに大久保一党とともにある。そのことを忘れるでないぞ」

忠世は釘を刺すように言った。

息子の慢心を案じての言葉だったが、その後も忠隣の華々しい武功はつづいた。

翌永禄十二年、家康が今川氏真の逃げ込んだ遠州掛川《かけがわ》城を包囲すると、忠隣は長篠の髯こと叔父の大久保忠佐とともに、夜襲作戦に出撃。敵将近松丹波と死闘を繰り広げた忠佐を援護し、あわや叔父を組み伏せようとした敵の動きを馬上から槍の先で封じて、その危難を救った。

忠隣の加勢を受けて、近松丹波を討ち取った叔父忠佐は、

「わしが命拾いしたは、そなたのおかげじゃ。この首はそなたが持ち帰り、おのが手柄とするがよい」

と、血まみれの首を差し出した。

忠佐としては、一族の若い忠隣に手柄をくれてやろうという温情のつもりであったのだろう。

だが、忠隣は唇を不敵にゆがめてニッと笑い、

「その首は叔父上が取ったもの。手柄なら、おのが力でつかみ取ってまいりますわ」

馬の首を返すや、あとをも見ずに敵陣へ駆け入り、公言どおり敵の首級を取ってみせた。

遠江《とおとうみ》の平定に成功した家康は、功のあった家臣たちを新領に配置した。

諏訪原《すわはら》城に松平忠次《ただつぐ》、掛川《かけがわ》城に石川家成《いえなり》、二俣《ふたまた》城には忠隣の父大久保忠世が封じられている。

忠隣が家康の肝煎《きもい》りで、掛川城主となった石川家成の息女を妻に迎えたのも、この

ころのことである。

その後も、元亀元年（一五七〇）の姉川の戦い、翌々年の三方ヶ原《みかたがはら》の戦いと、忠隣は父をはじめとする多くの大久保党とともに従軍した。

『大久保留書《とめがき》』には、三方ヶ原の戦いにおける忠隣の逸話がしるされている。三方ヶ原の戦いといえば、西上する武田信玄の軍勢を、家康が浜松城から決死の思いで撃って出て、その進撃を阻止せんとした戦いである。

浜松城の北方一里の三方ヶ原に展開する武田軍を追う家康の顔面は、兜の目庇《まびさし》の下からもわかるほどに青白い。

それもそのはず、相手は戦国最強をうたわれる武田信玄である。二度と生きて城へ戻れるかどうかわからない。しかし、織田信長と同盟を結ぶ家康にとっては避けて通れぬ戦いであり、武士としての意地を賭けた勝負でもあった。

緊張しながら馬をすすめる家康は、ふと、かたわらを歩く徒士《かち》侍に目をとめた。上背のある男で、その身分にはやや似つかわしくない立派な大身《おおみ》の槍を手にしている。

「そなた、新十郎ではないか」

家康は馬上から声をかけた。

肩越しに振り返り、かるく目礼したのは、大久保忠隣であった。だが、忠隣は馬上侍の身分である。徒歩《かち》での護衛を命じたおぼえはない。

「そこで何をしておる、新十郎。おのれの馬はどうした」

「お側を離れず、殿をお守りするには、徒士のほうがよろしゅうございます。万が一、御身に危険がおよんだときには、この槍にものを言わせて捨て身で敵にあたる所存」

「おのれというやつは……」

こわばっていた家康の口もとに、かすかな微笑が浮かんだ。

馬上の身分は武士たる者の誇りである。その大事な誇りをかなぐり捨てても、あるじへの忠節をつらぬくとは、

（かわゆき奴……）

家康は思った。が、言葉には出さず、

「馬鹿めが」

吐き捨てるように言い、視線を前方に向けた。

武田軍二万五千、徳川軍八千によるこの戦いは、武田方の大勝利に終わり、家康は惨敗を喫した。血気にはやる家康を城から誘い出し、野戦に持ち込んだ信玄の老獪《ろうかい》な戦術がまさっていたためである。

忠隣は、敗走する家康のそばに付き従って奮戦した。途中、家康が徒士のままの忠隣の身を案じ、

「新十郎、あれに小栗久次《おぐりひさつぐ》が敵の河原毛《かわらげ》の馬を捕えておる。わが命《めい》じゃ。小栗から馬

を貫い、駆けて逃げよ」

喉を嗄《か》らして叫んだ。

だが、忠隣は首を横に振ってこれを拒んだ。

「いや、このままでようござる。馬に乗っては殿とはぐれてしまうやもしれませぬ」

「頑固者めがッ！　馬上の侍は、馬上で槍を振るってこそ、まことの力を発揮するものぞ。わが命を聞けぬと申すかッ」

「いかに殿の御命令とはいえ、これぱかりは……」

「従わぬと斬るぞッ！」

あるじに一喝《いっかつ》され、忠隣はやむなく小栗久次から河原毛の馬を譲り受け、矢弾《やだま》のなかを走りだした。

家康は、命からがら浜松城へ逃げ帰った。

忠隣もまた、体じゅうに矢疵《やきず》、刀疵を受けながら生還を果たした。だが、主従の心には、唇を歯で嚙み破りたくなるような無念の思いがある。

「殿」

「何じゃ」

「悔しゅうござります」

忠隣は拳を板床にたたきつけ、男泣きに泣いた。

「泣くでない、新十郎」

「されど、殿……」

「このわしに、信玄を凌駕《りょうが》するだけの力がなかったということだ。命があっただけでも、冥加《みょうが》と思うしかあるまい」

家康は言うと、城中の女たちが運んできた竹籠を戦塵にまみれた手でつかみ、

「そなたも食え」

と、忠隣に差し出した。

竹籠のなかには、三河の豆味噌を塗った屯食《とんじき》（握り飯）が入っていた。囲炉裏の火で香ばしく炙《あぶ》ってある。

「かようなときに……。食えませぬ」

「それでも食うのだ、新十郎。生きてさえおれば、善き潮目が必ずめぐってこよう。その日を信じるのだ」

忠隣にではなく、おのれ自身に言い聞かせるようにつぶやくと、家康は焼き味噌の屯食をみずから手に取って頬張りだした。

目を上げると、家康も声を出さずに泣いていた。

（一番悔しいのは、わしではない。ほかならぬ殿ではないか）

忠隣は、はっと胸をつかれた。

「それがしも相伴《しょうばん》つかまつります」

「うむ」

「塩辛うございますな」

「そなたの涙のせいじゃわ。涙と鼻水が、飯にまじっておるぞ」

「殿こそ」

主従はそれきりものも言わず、ただひたすら、涙のまじった屯食をむさぼりつづけた。

（わしと殿は、生きるも死ぬも一緒じゃ……）

そのとき忠隣は、あるじ家康と心がひとつになったことを、塩辛い屯食の味とともに、たしかに感じた。

三

三方ヶ原の大敗により、人生最大の危機に直面した家康であったが、そのあやうい局面は思わぬ形で解消された。

敵将武田信玄の病《やまい》である。

上洛戦の途上で信玄が病に斃《たお》れたことにより、武田軍は潮が引くように撤退をはじめ、東海道筋から姿を消した。それは同時に、家康の盟友織田信長をさえ恐怖させた、名門武田家の瓦解のはじまりでもあった。

三方ヶ原の戦いから三年後の天正三年（一五七五）五月、徳川、織田連合軍は、信玄の後継者となった武田勝頼《かつより》の軍勢を長篠の戦いで撃破。武田家は、天下取りに向かって勢力拡大をつづける信長の前に衰退をつづけ、天正十年、織田の大遠征軍の攻撃を受けて滅亡した。

武田攻めの論功で、家康はそれまでの旧領に加え、信長から駿河一国を与えられた。

「生きてさえおれば、善き潮目が必ずめぐってくる。まさしく、殿の仰せられたとおりでございましたな」

東海道を遊覧しながら信長が安土《あづち》へ引き揚げたあと、忠隣はあるじ家康に感慨を込めて言った。

「いや、まだまだよ。どこでどんな落とし穴が待ち受けておるやもしれぬ。油断はならぬぞ、新十郎」

家康の予言は的中した。

武田攻めからわずか三月も経たぬうちに、信長が重臣明智光秀《あけちみつひで》の謀叛にあって、京本能寺で横死。ちょうど上方《かみがた》滞在中だった家康は、生命の危険にさらされながら伊賀越えを敢行して領国へ逃げもどった。

家康はいったん上方方面へ兵を出して明智追討に動く構えをみせたが、中国筋にいた羽柴《はしば》秀吉が山崎の戦いで明智を討ったことを知るや、兵を東へ返して、

甲斐

信濃

両国を電光石火の早さで攻め取り、従来の三河、遠江、駿河に加えて、五ヶ国の太守にのし上がった。

新領となった甲斐の惣奉行《そうぶぎょう》には重臣の鳥居元忠《とりいもとただ》が、信濃の惣奉行には忠隣の父忠世が任じられた。

信濃惣奉行として小諸《こもろ》在番を命じられた大久保忠世は、息子忠隣をはじめ、弟の治右衛門忠佐、彦左衛門忠教ら、大久保党をひきいて信濃入りし、一円に睨みを利かせることとなった。

この時期——。

春まだ浅い小諸で、忠隣の運命を変えるひとつの出会いがあった。

その日、忠隣は千曲《ちくま》川のほとりに馬をすすめていた。

あたりには、白梅が馥郁《ふくいく》と咲き匂っている。

主君家康は梅の花が好きで、浜松城内にも幾株か古木の梅を植えている。戦いに次ぐ戦いで、花を愛《め》でる余裕など持たなかった忠隣であったが、噎《む》せるほどの梅の香に、

ふとあるじのことを思い出し、
（この眺め、殿に見せたらどれほどお悦びであろうか……）
と、馬の手綱を持つ手をゆるめた。
ちょうどそのとき、忠隣の目に、梅の木の下にいる娘の姿がとまった。
年のころは十六、七であろう。
冴えざえとした瞳が美しい娘である。卯《う》の花色の小袖が、色白の肌によく映っていた。
ただの田舎娘とは思えない。
背筋を伸ばしたたたずまいに、白梅にも劣らぬ凜《りん》とした気品がある。
（何者であろう……）
忠隣は興味を持った。
と、そのとき、娘が小腰をかがめて馬上の忠隣に会釈をした。
忠隣もつられて目礼を返した。
娘がにこりと笑い、忠隣の馬に近づいてきた。
「恐れながら、小諸城在番の大久保さまのご一族の方でございましょうか」
「いかにも、そのとおりだが」
「もしやと思い、声をおかけいたしましたが、ご無礼をお許し下さいませ」

娘がよく通る透きとおった声で言った。

「そなたは？」

不審を抱きつつ、忠隣は馬を止めて娘に問うていた。

「かつて武田家にお仕えしていた蔵前衆《くらまえしゅう》、大蔵藤十郎《おおくらとうじゅうろう》なる者の娘にございます」

「大蔵藤十郎……。聞かぬ名だな」

忠隣は首をかしげた。

武田の高名な武将ならともかく、蔵前衆の名までは知らない。

「ご存知ありませぬか」

娘が少し哀しそうな顔をした。

「わが父は、もとは大和《やまと》出身の猿楽師《さるがくし》で、猿楽をもって武田さまにお仕えしておりました。それが、算勘《さんかん》の才をみとめられ、蔵前衆に取り立てられたのでございます」

「おお、それなら」

噂《うわさ》に聞いたことがあると、忠隣は思った。

何でも、武田家には能役者上がりの財務官がおり、その卓越した才覚によって亡き信玄に重用されていたというのである。

「あの能役者上がりの男の娘か」

「さようにございます」

娘がうなずいた。

「名は、何という」

「多岐《たき》と申しまする」

「多岐……」

「はい」

「その武田旧臣の娘が、わしに何の用だ」

「お願い申し上げますッ」

泣くように叫ぶや、多岐と名乗る娘が忠隣の馬前にひざまずいた。

「わが父を、お召し抱え下さいませ」

「何と……」

「徳川さまでは、武田の旧臣でいまは浪々《ろうろう》している者をお召し抱えになっているとお聞きいたします。わが父は、これといった武功こそございませぬが、金蔵の管理や民政に長《た》けております。必ずや、お役に立つと存じまする。なにとぞ、なにとぞ、お願い申し上げます」

武家の娘としての誇りもかなぐり捨て、多岐は忠隣の前に頭を下げた。

その必死な姿が、なぜか、騎馬を捨てて家康の護衛に付き従っているときの自分と重なった。

（あわれな……）

哀憐の思いが忠隣の胸に湧いた。

「顔を上げるがよい」

忠隣は言った。

「わしは、小諸城在番大久保忠世の嫡男で、忠隣という」

「存じております」

娘が涙で光る目を上げた。

黒目がちな強いまなざしである。どこか、心が魅《ひ》き込まれるような不思議な雰囲気が、その双眸《そうぼう》にあった。

「最初から、わしを大久保の息子と知っていて、ここで待ち伏せていたのか」

「申しわけございませぬ。あなたさまが、毎朝、千曲川のほとりを馬で遠駆けなさると、近在の者に聞いておりましたゆえ」

「わしは大久保家の当主ではない。さようなことは、わが父に申すがよかろう」

「いえ、父をあなたさまのご家臣に取り立てていただきたいのです。父は槍よりも算盤《そろばん》をもって、あなたさまをご出世いたさせましょう」

娘の切羽詰まったぎりぎりの訴えに、心が動いた。

忠隣には、石川家成のもとから嫁いできた妻がいる。「子は宝なり。一族繁栄のため、子作りに励むべし」という大久保家の家訓のとおり、妻とのあいだに次々と子をもうけ、さらには側室もいた。

女には馴れているつもりだったが、多岐という娘を見ているうちに、自分でも制御のできない胸の底に火の塊でも投げ込まれたような感情を、忠隣はおぼえはじめていた。

## 四

多岐の父、大蔵藤十郎が小諸城内の忠隣の屋敷にやって来たのは、そのあくる日のことである。

大蔵藤十郎は、一度見たら忘れることができない特異な風貌の持ち主だった。押し出しのいい男である。

背丈はさほど高くないが、顔のつくりが人並みはずれて大きく、二重まぶたのくっきりした目と、肉塊のごとく盛り上がった鼻梁《びりょう》が印象的である。

年は三十代後半。

額が異様なまでに秀で、ぶ厚い唇が紅でも差したように赤かった。清楚な白梅を思わせる娘の多岐とはあまり似ていない。

「それがしが大蔵藤十郎にござります」

もと猿楽師らしく、よく通る底響きのする声で男は名乗りを上げた。

仕官をもとめてやって来たにもかかわらず、その態度はどこか尊大で、芝居がかってさえ見えた。

「恐れながら、あなたさまのおんあるじ、徳川さまは天下をお望みでございますかな」

「何を言う」

忠隣は眉をひそめた。

「いやさ、織田さまが本能寺でお斃れになったあと、諸将のうちで天下を狙うことができるのは、逆臣明智を討った羽柴筑前守《ちくぜんのかみ》と、徳川さまのみとお見受け申した。天下を取るには、何よりも先立つものが大事。それがしの旧主武田信玄公も、その力のみなもとは、黒川金山、湯之奥《ゆのおく》金山など、甲州金を生み出した金山の開発による財力にござりました」

口上でものべるように、大蔵藤十郎は滔々《とうとう》と語ってみせた。

「それがしをお召し抱え下されば、甲州流の金掘り術をお伝えいたしましょう。それは必ず、徳川さまの天下取りに役立つはず」

「待て。わが殿が、いつ天下取りに乗り出すと申した」

忠隣はやや慌てた。

このころ、天下の情勢は、たしかに緊迫の度合を強めている。

明智光秀を討った羽柴秀吉が主導権を握ってはいるが、北陸筋の越前北ノ庄には織田家の筆頭家老だった柴田勝家《しばたかついえ》がいる。その両者のせめぎ合いを横目に見ながら、忠隣の主君家康は東国で独自の地位を築きつつあった。

（しかし……）

天下などは、まだまだ遠い影絵のごとき話であった。忠隣自身、家康の口からもそのような野心を聞いたことがない。

忠隣の狼狽《ろうばい》ぶりを、どのように受け取ったか、

「お隠しになることはござらぬ。わが旧主信玄公も、京に旗を打ち樹《た》てることが最後の願いにござった。この乱世、漢《おとこ》に生れて天下を望まぬ者がありましょうや」

大蔵藤十郎は決めつけるように言った。

「信玄公のもとで叶わなんだ夢、徳川さまのもとで是非とも成就《じょうじゅ》させたいと存ずる。それがしをお使いになって、あなたさまに損はありませぬぞ」

思い込みが強く、相当な自信家である。

相手のあくの強さに辟易《へきえき》とする思いだったが、

（いや、殿のご本心は、この男の言うとおり、天下におありか。なるほど、いまの殿

は、そうなってもおかしゅうないお立場にある……)

忠隣の背筋を、時ならぬ興奮が駆けのぼった。

「甲州流の金掘り術か」

「さよう」

藤十郎は骨格のしっかりした顎を引いてうなずき、

「これを用いれば、領国じゅうの黄金が徳川さまのふところへ入ってまいりますぞ」

忠隣のほうに身を乗り出して、低くささやくように言った。

悪くない話であった。

武田氏の鉱山技術は、ほかの戦国諸将と比較して格段に抜きん出ている。それを我が物とすれば、大きな資金源を手にすることになる。

大蔵藤十郎には、どこか油断ならないものを感じるが、

(ようは、わしの人遣い次第ではないか……)

忠隣は、この脂《あぶら》ぎった能役者上がりの男を使いこなすことが、主君家康への忠義につながると信じた。

忠隣は大蔵藤十郎をみずからの家臣として登用した。

その判断は間違いではなかった。

地方《じかた》巧者である藤十郎は、信濃の領内経営でめきめきとその実力を発揮しはじめた。

財政は安定し、その噂は家康の耳にまで達して、

「そなたは、おもしろき者を召し抱えたようだの。それほど使える男なら、信濃のみならず、甲斐の経営もまかせてみよ」

と、声がかかった。

もとより、甲斐は大蔵藤十郎が熟知した土地である。武田家滅亡以来、打ち捨てられていた金山を再興し、独自の金掘り技術を駆使して金を掘り出した。

あるじの忠隣としても鼻が高い。

忠隣のみならず、浜松の家康の信任まで勝ち得ると、藤十郎は忠隣の耳元でささやいた。

「忠隣さまは、わが娘多岐に思《おぼ》し召《め》しがおありのようでござるな」

「ば、ばかな……」

図星をさされ、忠隣は我にもなくうろたえた。

「あなたさまさえよろしければ、多岐をお側で召し使っていただきましてもよろしゅうございますぞ」

「さようなことはできぬ」

「なにゆえでございます。わが娘も、忠隣さまならば否《いな》やはないと申しておりました」

「余計な気遣いは無用じゃ」

わざと怒ったように突っぱねたが、忠隣の胸は波立っていた。

藤十郎という、金を生む人材を手に入れたように、

(あの白梅のごとき娘が欲しい……)

喉の奥がひりひりするように、多岐を渇望した。

だが、人の心を見透かしたような藤十郎の誘いをそのまま受け入れることは、癪《しゃく》にさわった。

それに、恋などという生易《なまやさ》しいものにかかずらわっていられないほど、世の中は激しく変転している。

羽柴秀吉が北ノ庄の柴田勝家を滅ぼすと、信長の遺児織田信雄《のぶかつ》と結んだ家康との敵対関係が鮮明になった。

いまや、家康も天下に対する野心は隠さず、両者は天正十二年の、

――小牧・長久手の戦い

で、直接対決することとなった。

徳川、羽柴両軍の対峙《たいじ》は長期におよんだが、秀吉が政治力を使って織田信雄を切り崩し、戦いははっきりとした決着がつかぬまま終わった。

その後、秀吉側が西国の毛利輝元《もうりてるもと》、東国の上杉景勝《うえすぎかげかつ》を味方につけたため、家康は、

「これ以上の抗戦は益なし」

と、判断。秀吉政権に従う道を選んだ。

飛ぶ鳥を落とす勢いの秀吉が、小田原北条氏を滅ぼし、家康に関八州への国替えを命じたのは、天正十八年七月のことである。

忠隣の父忠世は、その武辺を評価していた秀吉じきじきのお声がかりで、北条氏なきあとの小田原城へ入り、四万五千石の大名となった。

また、忠隣も武蔵羽生《はにゅう》二万石に封ぜられている。

五

大蔵藤十郎が、忠隣の推挙で大久保党に加えられ、

——大久保長安《ながやす》
と名乗るようになったのは、ちょうどその頃のことである。

話を聞いたとき、父忠世は渋面をつくり、

「まことによいのか。あのような得体の知れぬ者を一族に加えて。あとでどのような煮え湯を飲まされるやもしれぬぞ」

と、息子に苦言を呈した。

「これは、父上のお言葉とも思われませぬな」

忠隣は笑い飛ばした。

「一族の力を強くすることが何より大事と、それがしにお教え下されたは、ほかならぬ父上ではござりませぬか。長安が役に立つ男であることは、父上も重々、ご承知でございましょう」

「たしかに、ものの役には立つ。しかし、わしはあの男の野心的な目つきが気に食わぬ。聞けば、あの男は甲州流の金掘り術を人に教えず、独占しているというではないか」

「人に教えようが教えまいが、金を掘り出してくれればそれでよい。結果がすべてでございます。わが殿も、長安の働きには満足しておられます」

「そなた、変わったな」

忠世が老いた目をしばたたかせた。

「若いころは武辺一辺倒で、人としての幅が足りぬと思うていたが、近頃は肚《はら》がすわり、白いものも黒いものも使い分けるしたたかさを身につけてきたようじゃ」

「恐れ入りましてございます」

「だが、それがそなたにとって、はたして良いことなのか悪いことなのか」

忠世はかすかに眉をひそめた。

「ともあれ、長安めには心せよ。庇《ひさし》を貸して母屋《おもや》を取られては、何にもならぬぞ」

「それこそ、無用の心配。それがしを見くびられては困ります」

「ならばよいが」

最後まで大久保家の行くすえを案じていた忠世は、文禄三年（一五九四）に病で世を去った。

父の死とともに、忠隣は跡目を継ぎ、羽生の城を嫡男の忠常《ただつね》にゆずって小田原城に入った。

小田原は、相模湾をのぞむ温暖な土地である。

気候がよいばかりでなく、城下の武家屋敷や町家には、北条氏時代に植えられた梅の木が多い。生《な》った実で梅干しを作り、遠征のさい兵たちに携行させて、食中毒の防止や疲労回復に用いたという。

城下を埋めつくす白梅を見て、忠隣はときおり多岐のことを想い出した。白梅は女の面影とつながっている。

だが、忠隣が多岐の消息を長安にたずねることはなかった。忠隣にとって、それはすでに切り捨てた想いだった。

それからしばらくして、多岐が病で世を去ったという噂を忠隣は風の便りに聞いた。

小田原城主となった忠隣は、民政に心を砕いた。小田原は初代早雲以来、五代百年近くにわたって北条氏が善政をしいてきた土地である。滅びたとはいえ、領民はいまだに北条氏を慕っている。

忠隣は無理に北条氏の施策を変えるのではなく、いいものは積極的に取り入れ、土地との和合をはかった。

順調な領地経営を聞いた家康は、みずからの跡継ぎに定めている息子秀忠《ひでただ》の傅役《もりやく》に忠隣を任じた。

(わしがご嫡子の傅役……)

傅役を務めるということは、秀忠が家を継いだあかつきには、その筆頭家老に就く可能性が高い。それは徳川家臣団中の最高位にのぼりつめることである。

「粉骨砕身お役を務めさせていただきます」

秀忠をもり立てることが、すなわち忠隣の家康に対する忠義でもあった。

## 六

世の変転は早い。

慶長三年(一五九八)八月、天下人豊臣秀吉が伏見城において病死した。と同時に、ここまで忍従の長い時間《とき》を過ごしてきた徳川家康は、満を持して天下取りに向けた動きを開始した。

諸大名は、秀吉の遺児秀頼《ひでより》を奉じて豊臣政権を維持しようとする者と、天下第一の実力者たる家康の新政権に期待する者が真っ二つに分かれた。

かくして勃発したのが、天下分け目の、

――関ヶ原合戦

である。

上方で反家康の旗を揚げた石田三成《いしだみつなり》に対し、豊臣派の上杉征伐の途上にあった家康は、兵を下野小山《しもつけおやま》から返して西上。命運を賭けた決戦にのぞんだ。

このとき忠隣は、家康の嫡子秀忠の別働隊とともにあった。

戦いにさいし、家康は全軍を、みずからがひきいる東海道筋の本隊、中山道《なかせんどう》を経由する秀忠の別働隊の二手に分けていた。信州上田《うえだ》で西軍の石田三成と連携する真田昌幸《さなだまさゆき》を牽制し、合流ののち、一気に敵の出鼻をたたくためである。

秀忠軍に加わったのは、傅役の忠隣のほか、

榊原康政

本多忠政《ただまさ》

牧野康成《やすなり》

らの譜代衆、あわせて三万八千。徳川の主力といっていい顔触れである。ほかに軍《ぐん》監《かん》の本多正信《まさのぶ》が目付役として付けられていた。

忠隣は、この本多正信という男が嫌いである。

もともと身分の低い鷹匠《たかじょう》であったのを、家康が取り立て、みずからの謀臣とした。鼻がつぶれたような奇怪な容貌をしており、何より目つきが暗い。

かつて忠隣ら譜代衆は、主君家康と水も洩らさぬ緊密な関係にあったが、天下取りが現実味を帯びてきた昨今では、もっぱら謀略家の本多正信をかたわらに置いている。人には言えぬ策謀をめぐらすには、ちょうどよい相談相手なのであろう。

だが、譜代の大久保党をひきいる忠隣には、そのことがおもしろくない。それは本多の側も同じらしく、陣中でも慇懃《いんぎん》に挨拶をかわすものの、

(三河以来の大久保党というが、こちらは殿とは目と目で言葉を交わし合うことのできる仲よ……)

とでも言わんばかりの驕《おご》りが態度にあらわれていた。

中山道をすすみ、信濃国へ入ると、先発隊として木曾方面の地侍たちの調略《ちょうりゃく》をしていた大久保長安が本陣へ情勢報告にあらわれた。

もと武田家臣の長安は、この方面の地侍に顔がきく。忠隣にとっては、どこまでも役に立つ男である。

「木曾の者どもは靡《なび》きそうか」

「ことごとく、お味方につけてござる。鼻薬を嗅がせ、こちらに付くことの利を説けば、造作《ぞうさ》もなきこと。中山道の道案内を申し出てきた者もおりますわ」

「上田城の真田のようすはどうだ」

忠隣は聞いた。

「城に立て籠もる将兵は、わずかに五千。しかし、相手は真田にござる。あなどってはなりますまいぞ」

「いかにも、真田はくせ者だ。少勢とはいえ、油断はできぬ」

大久保党には、先代忠世のときに、真田昌幸が籠る上田城に攻め寄せ、相手の鬼謀《きぼう》の前に敗れ去ったという苦い経験がある。それだけに、忠隣は真田の存在に神経質になっていた。

その日の軍議の席で、忠隣は、

「上田城に対しては、小諸に少勢を残し、主力は中山道を先へ急いだほうが得策と存ずる」

と、意見を述べた。

これを聞いた軍監の本多正信が、唇を吊り上げてせせら笑った。

「大久保どのは、たかが兵五千の真田を恐れておいでかのう」

「恐れているわけではない。ただし、相手は先の上田合戦で徳川勢を手妻《てづま》のごとく翻弄した真田昌幸。むきになって攻めかかって、無駄な労力を費やすことはない」

「家康さまは、真田などひと揉みに揉み潰してまいれと仰せられていた。お言葉にそむくことはできぬ」

家康の命があるという本多の一声で、上田城攻略の方針が決まった。

これに対し、城方の真田昌幸は、和議に応じる素振りをみせながらも、のらりくらりと話を先延ばしにし、なかなか降伏する気配を見せない。

数日後、話し合いが決裂し、

（さては、真田の時間潰しの策であったか……）

と、徳川方諸将が気づいたときには、すでに後の祭りだった。

真田方の十倍近い大軍をもって上田城を包囲した徳川勢であったが、味方の牧野康成の手勢が敵の巧みな誘いの罠にかかって孤立。これを救援せんものと、大久保勢の旗奉行杉浦平太夫《すぎうらへいだゆう》が命令を待たずに出撃し、足並みの乱れたまま戦闘がはじまった。

ここぞとばかり大手門から討って出た真田勢によって、徳川勢は撃破され、小諸城へ逃げ帰った。

この敗戦だけでも恥辱であったが、秀忠軍が関ヶ原へ駆けつけたとき、すでに戦いは決し、家康ひきいる東軍方が勝利をおさめたあとだった。

大事な決戦に遅参した秀忠に、家康は目通りを許そうともしない。

秀忠の傅役忠隣は、

「なにとぞ若殿にお会いになり、直接申し開きをお聞き下さいませ」

取次役を通じて必死に訴えたが、家康の態度は峻厳だった。

なお悪いことに、軍監の本多正信が家康に次のような報告をした。

「負けいくさの責任は、軍令を無視して抜け駆けした牧野勢と、大久保勢にあり。責められるべきは、かの者たちでござろう」

たしかに軍令違反は間違いない。

しかし、真田の実力を軽視し、上田城攻めにこだわって、そもそもの遅参の原因を作ったのは、

（ほかならぬ、きさまであろうが……）

忠隣は、本多正信を烈しく憎んだ。

その後、家康は近江の浜大津《はまおおつ》まで来たところで、ようやく秀忠との対面を許した。

不始末の責任を背負う形で、牧野康成の息子忠成《ただなり》が出奔。忠隣の家臣杉浦平太夫も、切腹して果てた。

この一件は、本多正信と忠隣のあいだに大きな禍根を残した。

合戦後の配置転換で、忠隣には上州高崎十二万石への国替えという内示が下った。

だが、忠隣はこれを拒否した。

（四万五千石から十二万石へ加増というが、これは態《てい》のいい左遷ではないか。大坂にはまだ、豊臣家が残っている。江戸への入口にあたる小田原は、豊臣家との戦いに大きな意味を持ってくる。そこを退けというのか……）

国替えは家康の意思ではなく、本多正信の差し金に違いあるまいと思った。

家康が将来を託した秀忠の身を守るためにも、

（わしは梃子《てこ》でも小田原を動かぬ……）

忠隣は加増転封を拒否した。

忠隣の頑固さに、家康も上州への国替えを断念せざるを得なかった。

## 七

関ヶ原合戦から三年後の慶長八年、家康は朝廷から征夷大将軍を拝命し、江戸に幕府を開いた。

そのわずか二年後、家康は将軍位を息子秀忠にゆずり、みずからは江戸と上方の中間に位置する駿府《すんぷ》に移って、

——大御所《おおごしょ》政治

を開始した。

大御所家康を取り巻く人材の顔触れは、以前とはがらりと様変わりしている。

忠隣や酒井忠世《ただよ》ら譜代の臣は、江戸の将軍秀忠に付けられ、家康のまわりには本多正信の嫡男正純《まさずみ》のほか、僧侶の南光坊天海《なんこうぼうてんかい》、金地院崇伝《こんちいんすうでん》、商人で経済に通じた茶屋四《ちゃやし》郎次郎《ろうじろう》、角倉了以《すみのくらりょうい》、後藤庄三郎《ごとうしょうざぶろう》、儒学者の林羅山《はやしらざん》、英国人のウイリアム・アダムス（三浦按針《みうらあんじん》）ら、天下統治のために必要な異能の人材が配置された。

――生きるも死ぬも殿と一緒……。

と、心に決めていた忠隣には、一抹の寂しさもないではなかったが、若い将軍秀忠のもとで、忠隣はついに徳川家の筆頭家老の座についた。

ただひとつの不満は、江戸の幕閣に、家康からの目付役として因縁深い本多正信が参画していることであった。

「よろしいではございませぬか。殿はいまや、幕府第一の実力者。本多の後ろに大御所さまがおわすとはいえ、あちらはすでに隠居の身。これからは、殿とわれら大久保家の世でございますぞ」

忠隣の耳に低くささやき、赤い唇で笑ったのは、てらてらと大きな鼻が脂光りする大久保長安であった。

この男も家康に重用され、大御所政治に参画して年寄衆《としより》（老中）の待遇を占めるようになっている。
それも道理である。このころ長安は、徳川家の地方《じかた》行政の中心的な存在となり、幕府直轄領の行政をおこなう関東十八代官を差配するようになっていた。また、奈良奉行、甲斐奉行も兼任し、さらには、
石見《いわみ》銀山
佐渡金山
伊豆銀山
など、諸国の金銀山の再開発をおこなって、徳川幕府に莫大な富をもたらしていた。いまや長安なくしては、幕府財政は成り立たぬほどである。
幕領のうち、じつに百二十万石を差配する長安は、徳川家の筆頭家老となった忠隣とともに、大久保党の力をかつてないほどに高めた。
武田家の猿楽師だった男を、大久保党に取り込んだ忠隣の判断は、間違いではなかったわけである。
もっとも、
(これは……)
と、忠隣が眉をひそめる問題もあった。
成功につぐ成功で巨万の富をたくわえた長安は、大名でさえ真似のできぬ奢侈《しゃし》な暮

らしを送り、駿府から佐渡、伊豆へ向かうさいには、二十人の愛妾をはじめ、遊君《ゆうくん》ら百名にもおよぶ女たち、能役者、芸人を従え、葦毛《あしげ》の名馬をつらねてこれみよがしに下るようになっていた。

ときおり忠隣は、

「やりすぎだ」

苦い顔をしていさめたが、長安は聞く耳を持たない。

長安の勢威は、いまや忠隣でさえおさえのきかぬものになっている。

（このさまを見たら、多岐が何と申すであろう……）

忠隣は思った。

権力を手にしながらも、

（わしの胸には、いつからこんなうすら寒い風が吹くようになっていたのか……）

忠隣の心は空虚だった。

だが、走りはじめてしまった道である。いまになって、引き返すことは許されない。

内憂ともいえる長安の乱行とは別に、忠隣には大きな敵がいた。

本多正信、正純父子の本多派である。

将軍秀忠の目付役である正信と、駿府の大御所家康の側近としてめきめき頭角をあらわしてきた息子の正純が、忠隣ら大久保派の前に立ちはだかった。

若いとはいえ、本多正純も父に輪をかけた切れ者である。家康に目通りを願うには、まず正純を通さねばならず、そのことが江戸と駿府のあいだに微妙な温度差を生じさせている。

本多父子と、将軍秀忠を奉ずる忠隣のあいだには、大坂の豊臣家をめぐる意見の対立もあった。

関ヶ原後、摂河泉《せっかせん》六十五万石の一大名に転落した豊臣秀頼に対し、本多派は、

「断固、攻め滅ぼすべし」

と強硬路線をとなえた。一方の大久保派は秀頼に娘の千姫《せんひめ》を嫁がせている将軍秀忠の意向もあって、

「攻め滅ぼすまでのことはない。もはや、豊臣家には幕府に刃向かうだけの力はない」

と、穏健路線をとった。

江戸にいる忠隣には、家康の本心がいずれにあるのか摑みがたい。

ただ、

(現将軍は秀忠さまだ。そのご意思を尊重するのが徳川の臣としての筋であろう……)

と、みずからの路線が正しいことを信じた。

いずれにせよ、目障りなのは本多父子である。忠隣は先手を打つべく、本多派排除に動いた。

耳寄りな情報をもたらしたのは、大久保長安だった。

「本多家に仕える岡本大八《おかもとだいはち》なる者が、不正を働いているとの噂がございます。これを衝《つ》けば、本多父子からも、いくらでも埃が出てまいりましょうぞ」

岡本大八は本多正純に仕える用人《ようにん》である。もと長崎代官長谷川藤広《はせがわふじひろ》の配下であったのを、小才がきくというので正純が取り立て、長崎在番を命じていた。

長崎在番は本多家の私的な機関で、現地にあって異国との取引にあたっている。本多父子は、長崎在番を窓口として海外貿易に手を染め、その利益をみずからの政治資金にしていた。

「岡本大八の不正とは、いかなるものだ」

「はい」

長安の語るところによれば、幕閣の実力者である本多父子に近い岡本大八に、九州肥前の大名有馬晴信《ありまはるのぶ》が旧領の回復を依頼し、そのさい工作資金として渡した銀六百枚を、大八がみずからのふところに入れたというのである。

有馬晴信は朗報を待ったが、幕府からは何の沙汰もない。不信をおぼえた有馬晴信が騒ぎだし、公儀に訴えると息巻いているという。

事実とすれば、ゆゆしき疑獄《ぎごく》事件だった。

「よし。岡本大八の筋から、本多正純に揺さぶりをかけよう」

やがて、有馬晴信の訴えで、岡本大八が捕らえられた。その身柄は駿府城内の牢に送られ、事件の詮議には大久保長安があたることとなった。

「こたびの一件は、そのほう一人の知恵ではあるまい。あるじの正純が指図してのことであろう」

長安は大八を責めた。

だが、岡本大八はみずからの罪については認めたものの、正純の関与は一貫して否定した。

「正純の意向が働いていたと白状すれば、そのほうの死一等は減じてくれようぞ」

硬軟さまざまな手を使って本多の連座を引き出そうとしたが、なかなか思うようにいかない。

そうこうするうちに、本多正純が巻き返しに転じ、有馬晴信、岡本大八がともに切《きり》支丹《したん》であることに目を付けて、

「騒ぎのおおもとは、天主教《てんしゅきょう》を信じる者どうしの馴れ合いによるもの。こうなったからには、いかがわしい切支丹を禁じるべきでありましょう」

と、論点を巧みにすりかえ、非難の鉾先《ほこさき》を自身から切支丹へと向けた。

本多正純の奇策は成功し、岡本大八のみが死罪となって疑獄事件は闇に葬られた。

（おのれ……）

政敵をたたき潰すまたとない好機を、忠隣は逸した。

# 八

慶長十八年四月――。

大久保長安が中風《ちゅうぶう》の病のすえに世を去った。

鼻につくところも多い男であったが、黄金を生み出す長安の存在が、大久保派の力の源泉であったことはまぎれもない。

長安の死を境に、忠隣の身辺には冷たい秋風が吹きはじめていた。

反転攻勢の機会をうかがっていた本多正信、正純父子は、

「長安は生前、不正な蓄財をおこない、大御所さまに対する謀叛をたくらんでおりました」

と、風評を家康の耳に入れた。

たしかに大久保長安には前々から、佐渡、伊豆、石見の鉱山開発や、諸国の代官領からもたらされる莫大な収益を不正にふところに入れ、私腹を肥やしているのではな

いかとの風聞があった。だが、家康は長安がもたらす利益のほうに重きを置いていたため、あえてその件を追及することはなかった。

調べてみると、長安の不正蓄財はまぎれもない事実であった。駿府城下の屋敷の蔵から、金七万枚（七十万両）にのぼる途方もない隠し金が発見された。

「長安は不正にたくわえた資金を元手にして、旧主の武田家を再興し、徳川幕府の転覆をもくろんでいた」

そんな噂が世間に流れた。

また、

「長安は日本国中に天主教を広め、南蛮の軍勢を引き入れて大御所さまと将軍秀忠さまを追い出したあと、みずからが家老をつとめる松平忠輝《まつだいらただてる》を将軍位に据え、自分は関白になるつもりだった」

などという破天荒な風評まで、まことしやかにささやかれた。

事実がどうであったにせよ、当の長安がこの世の人でない以上、誰にも抗弁のしようがない。

大久保長安の家は、私財没収のうえ改易に処せられた。長安の七人の息子たちは、諸藩へお預けのうえ、切腹を申しつけられている。そのほか、長安とかかわりの深かった大名、代官の多くが、連座、失脚した。

嵐のような政変だった。

その余波は、長安を引き立てた忠隣の身をも飲み込もうとしていた。

それは、突然やってきた。

翌慶長十九年正月、大久保忠隣失脚――。

忠隣は上方における切支丹取り締まりの命を受け、年明けから上洛していたが、そのあいだに、

――謀叛の企てあり。

と疑いをかけられ、申し開きをする機会も与えられぬまま、配流の処断が決定したのだった。

幕府からの知らせを受け取った京都所司代の板倉勝重《いたくらかつしげ》は、処分を伝えるべく、年寄衆の奉書をたずさえて忠隣が宿所としている藤堂高虎《とうどうたかとら》邸へおもむいた。

おりしも忠隣は、高虎を相手に将棋をさしていた。

「配流だと」

忠隣は盤上から視線を離さず、勝重に問い返した。

「罪状は何か」

「幕府に対する謀叛にござる」

「謀叛……」

忠隣は顔をゆがめて笑い、

「本多めの策謀じゃな」

手にしていた飛車の駒を盤上に置いた。

忠隣が看破《かんぱ》したとおり、ことは本多正信、正純父子が仕組んだ罠であった。本多派は政敵忠隣が京へ上っている隙を衝き、政変を起こした。

「ことは遺恨なり」

忠隣は唇を噛んだが、大御所家康自身が、忠隣の幕閣からの追放を容認したことを知ると、六十二歳になっていた老臣の顔から怒りが消えた。

「さようか。大御所さまが、もはや新十郎は要《い》らぬと申されたか」

将棋の決着を最後までつけ、忠隣はあきらめに似た表情を浮かべて静かに席を立ち上がった。

齢《よわい》七十を過ぎた家康は、大坂の豊臣家の殲滅《せんめつ》を急いでいた。開戦のためには、和平路線の中心人物となった大久保忠隣の存在は好ましいものではない。

家康はまつりごとのために、生涯のほぼすべてを徳川家のために尽くしてきた忠臣を捨てるという非情の決断をしたのである。

大久保忠隣は、鉄砲その他の武具を板倉勝重に差し出したのち、従容《しょうよう》として配所へ下った。

政争に敗れた忠隣が失意の余生を送ったのは、近江国栗太郡上笠村《くりたぐんかみがさむら》。伝えによれば、忠隣は配所にあてられた庄屋の六郎衛門方で、朝から晩まで家の柱に向かって正座し、黙然と過ごしていたという。

配所の忠隣は、道白《どうはく》と号している。

号に込めた思いは、

「わが道は、白し」

という家康に対する強烈な訴えであったろう。

のちに、忠隣はみずから望んで井伊直孝《いいなおたか》の領地である佐和山《さわやま》近くの石ヶ崎《いしがさき》に移っている。配所の庭には年をへた白梅の古木があり、忠隣はそれを終生愛しつづけた。

# 名君と振袖火事

中村彰彦

## 中村彰彦《なかむらあきひこ》（一九四九〜）

栃木県生まれ。東北大学文学部在学中に『風船ガムの海』で第三四回文學界新人賞佳作入選（加藤保栄名義）。大学卒業後、文藝春秋社に入社、「週刊文春」、「オール讀物」などで編集者を務める。一九八七年『明治新選組』で第一〇回エンタテインメント小説大賞を受賞し、一九九一年から作家専業となる。史料調査に定評があり、逆賊とされた人物の復権に力を入れている。一九九三年『五左衛門坂の敵討』で第一回中山義秀文学賞を、一九九四年『二つの山河』で第一一一回直木賞を、二〇〇五年『落花は枝に還らずとも』で第二四回新田次郎文学賞を、二〇一五年に第四回歴史時代作家クラブ賞の実績功労賞を受賞している。

一

慶安四年（一六五一）八月十八日、江戸城に勅使を迎えて将軍宣下《せんげ》を受け、正式に徳川《とくがわ》第四代将軍となった十一歳の幼君家綱《いえつな》は、心根のやさしい少年であった。

かれは同年齢ないし少し年上の小姓たちを遊び相手として育てられたが、その側に侍《はべ》る者に加々爪半之丞《かがづめはんのじょう》という律儀な老人がいた。この半之丞を小馬鹿にしていた小姓たちが、家綱がまだ、

「竹千代《たけちよ》さま」

と呼ばれていた六歳の時、山王祭《さんのうさい》の真似をして御覧に入れよ、と無理強《じ》いしたことがある。

半之丞がいやいやながら真似をしようとすると、家綱は咄嗟《とっさ》にかれを退出させて小姓たちをたしなめた。

「この竹千代を楽しませようとて、ひとを困らせてはならぬ」

その後、死罪の下に遠流《おんる》という刑罰があることを知った家綱は、周囲の者たちにたずねた。

「遠島になった者たちは、島でなにを食べて命をつなぐのかえ」

命を助けるだけで食物を与える制度はない、という答えに接し、家綱は初々しく頰《ほお》を染めて反論した。

「命を助けたのだからこそ、食物を送ってやるべきではないのか」

そのやりとりを聞いた家光は大いに喜び、

「これを竹千代の仕置きの初めとせよ」

と命令。以後島役人たちは、定期的に流人たちに食料を与えることになった。

正保《しょうほう》二年（一六四五）二月二十三日家綱の元服に際し、家光に乞《こ》われてその理髪の役をつとめたのは正之《まさゆき》であったから、かれは家綱の美質をよく理解している。

（わが務めは、この温順な御気性に王者の心得を植えたてまつることだ）

と思案した正之は、儒者《じゅしゃ》であり御典医でもある土岐長元《ときながもと》をまねき、天下の主《あるじ》たるべき者の教養訓となり得る逸話を古書から選び出し、編纂《へんさん》するよう依頼した。

その稿が成ったのは、二年後の承応《じょうおう》元年（一六五二）十二月のこと。みずからも四書五経に通じる教養人であった正之は、一読してその出来映えを称賛。ただちに家綱に献ずると同時に、木版印刷に付して老中や近習《きんじゅう》たち、自分の家臣たちにも配布した。

名づけて、『輔養編《ほようへん》』。

なにごとにも素直な質《たち》の家綱は、これを読むや深く感ずるところがあったようであった。

家綱はもともと、本丸の北拮橋《きたはねばし》寄りに建つ天守閣に登ることを好んだ。

五層五階、地下一階。地上から屹立《きつりつ》すること百九十尺（五七・六メートル）、鉛葺《ぶ》きの屋根瓦《がわら》の両端に各十尺（三・〇三メートル）の金鯱《きんこ》をのせ、飾り瓦や破風板《はふいた》をも金箔《きんぱく》に輝かせているこの独立式の大天守は、江戸名所の筆頭ともいうべき大建築物である。

家光がまだ存命のころ、家綱はこの天守閣の最上階に登ると、近習の者から遠目鏡《とおめがね》を受け取って四方を眺め、子供らしく感嘆の声を放つのがつねであった。

しかし『輔養編』を読み、意味のつかみにくいところは正之と土岐長元とにたずねて以降、家綱は天守閣に登っても決して遠目鏡を受け取らなくなった。

「いや、要らぬ」

と手を振って拒むこと三度に及んだので近習の者たちが首をかしげると、家綱自身が説明した。

「大猷院《たいゆういん》（家光）さまの御世《みよ》がつづいていれば、たとえ余が毎日ここへ登って江戸中を見下ろしていたとしても、町方の者たちはまだ子供だから、と考えて見すごしてくれただろう。だが今は、余はもう将軍宣下を受けた身ではないか。その将軍が遠目鏡で見つめているかも知れぬと思えば、町方の者の中には迷惑に感じる者も少なくはあるまい」

この話を聞いて、正之が感激したのはいうまでもない。

こうして家綱の成長を慈父のまなざしで見守っていた正之が、このころ思案していたのは江戸の慢性的水不足をいかにして打開するか、という問題であった。思えば江戸開府から丸五十年の歳月が流れ、幕閣としては外様《とざま》雄藩の制圧よりも、民政に重点を置くべき時代を迎えつつある。

各地の水源を調査させた正之が、多摩川から上水道——のちの玉川上水を引くにしくなし、という結論に達したのは、あくる承応二年（一六五三）初頭のことであった。

しかし大老、老中たちに諮《はか》ると、意外にもかれらはことごとくこの案に反対であった。

「さように長大な上水道を掘りぬいては、一朝事ある時に城下町としての江戸の堅牢《けんろう》性《せい》がそこなわれて、危《あや》ういことになりかねませぬ」

と、いうのである。

「一国ないし一郡を守るだけの小城《こじろ》であれば、たしかに敵が攻め寄せた際の防備の固さだけに気をつかっておればよい」

と前置きし、正之は澄んだ瞳《ひとみ》と通った鼻筋につづく引きしまった唇を悠然とひらいた。

「だがこの江戸城は、天下の府城ではござらぬか。天下の府城であるからには、われらは万民の便利と暮らしの安定とをまず考えて、政事《まつりごと》をおこなうべきだとは思い召されぬか」

大老、老中たちは、この意見を聞くやたちまち自分たちの了見の狭さに気づいた。

そこで正之は、さっそく利根川や荒川、鬼怒川《きぬがわ》の治水工事に卓越した手腕を発揮した関東郡代伊奈《いな》忠治《ただはる》を奉行に指名。翌年六月、十数里の長さに及んだ玉川上水開鑿《かいさく》は、無事竣工を見て江戸の町々に豊かなうるおいをもたらしはじめた。

余談ながら、作者が『保科正之のすべて』の著書のある会津史学会顧問宮崎十三八《とみはち》氏（当時）と歓談していた時、談たまたま保科正之におよんだことがある。その時宮崎氏は、秀逸な冗談を口にした。

「保科《ほしな》正之公がいなければ、太宰治は玉川上水で心中することもできなかったわけです」

会津の識者たちは、会津藩第一世藩主が三百数十年後の今日となっても風化しない大事業を発案したことを、なおも誇りとしているのである。

二

しかしそれから三年後の明暦《めいれき》三年（一六五七）一月十八日、江戸は予想もつかない大惨事に見舞われた。

そもそもの発端は、さる町娘の片想いに始まる。

明暦と改元される前年の承応三年（一六五四）のある日、麻布《あざぶ》の質屋遠州屋のひとり娘で十六歳になる梅野《うめの》が、本郷丸山の菩提寺《ぼだいじ》本妙寺へ墓参に行った。その途中で梅野は、まだ前髪を立て、腰替り振袖《ふりそで》の熨斗目《のしめ》を着ているどこやらの寺小姓とおぼしき美少年にひと目惚《ぼ》れした。

どこの誰とも知れぬ美少年の面影は、以後、寝ても覚《さ》めても梅野の脳裡《のうり》から離れなくなってしまう。

（せめて、あのおかたとおなじ衣裳《いしょう》を）

と思いつめた梅野は、美少年がまとっていたのとおなじ模様の振袖をあつらえ、日ごと夜ごとそれを愛撫《あいぶ》しては溜息《ためいき》をついて過ごした。

これが裏目に出たのか恋慕の情は日ましに募り、とうとう梅野は床に臥《ふ》せったきりとなってしまう。そしてあくる承応四年（四月十三日明暦改元）一月十六日、あたら十七歳の若さで絶え入ってしまったのである。

悲嘆に昏《く》れた遠州屋は、梅野の柩《ひつぎ》に遺品の振袖を掛けて野辺の送りを営み、その振袖を本妙寺に納めた。

これらの品を売りはらうことは、坊主たちの役得とされている。本妙寺の住職も、古着屋にこれを売却してふところをうるおした。

話が怪談じみてくるのは、このあとのこと。あくる明暦二年（一六五六）の梅野の祥月命日《しょうつきめいにち》、本妙寺では上野の紙問屋大松屋の娘おきのの葬儀がおこなわれた。その棺《かん》桶《おけ》にかぶせられ、のち本妙寺に納められたのは、まごうかたなく梅野のあつらえた振袖であった。

町かたの者は新品をあつらえるのではなく古着を需《もと》めるのが普通であり、あらゆる商いのなかで江戸にもっとも多くの店舗をもつのは古着屋である。だからおきのは古着屋でこの振袖を見つけ、何らかの理由で買い取って大切にしていたものと思われた。

住職は、ふたたびこれを売りはらって金に換えた。

ところが、――。

それからちょうど一年後の梅野の祥月命日、本妙寺で今度は本郷のそば屋の娘おいくの葬儀があった。そしてそのあと、あろうことか三たびおなじ振袖が本妙寺に納められたのである。

梅野の妄執の深さに恐れおののいた住職は、この振袖の供養を思い立ち、この明暦三年一月十八日午後八つ刻《どき》（二時）から大施餓鬼《せがき》をもよおした。

だが悪いことに前年十月以来、約八十日間江戸には一滴の雨も降っていない。空気は乾ききっている上にからっ風が吹き荒れ、砂塵《さじん》を巻き上げて江戸は黄土色に煙っていた。

そのようなまがまがしい気候のなかで火中に投じられた振袖は、烈風に煽《あお》られてあたかもその振袖をまとって立ち上がった者がいるかのように燃えながら身を起こすと、火の粉を散らしつつ本堂へ吹きつけられた。そして、一気に本堂を燃え上がらせてしまったのである。

「明暦の大火」

別名を、

「振袖火事」

といわれる江戸開府以来の大火災が発生した瞬間の光景がこれであった。

頭上に呼子《よぶこ》を鳴らすような音を立てて吹きつのる北風に火勢を増し、この火は南から東南の方角にかけてすみやかに燃えひろがった。湯島周辺と神田旅籠《はたご》町、その南の鎌倉町、浅草門の間近までを舐《な》めて、鍛冶橋《かじばし》にほど近い弓町まで飛び火。隅田川右岸の霊岸島《れいがんじま》、その先の海ばたの家々まで焼いて、夜半にようやく鎮火したのである。

この日、桜田門内の上屋敷にいた正之は、火が江戸城に及ぶことなく収まったことを確かめてから、ようやく寝所に入った。

しかし十八日の火事は、たれか知ろう、地震にたとえるならばまだ予震に過ぎなかった。

あけて十九日は、朝五つ刻（八時）ごろからふたたび烈《はげ》しい北風が吹きすさびはじめた。昨日灰燼《かいじん》に帰した一帯からは砂嵐のように灰が舞い上がってあたりを暗くし、提灯《ちょうちん》を持たなければ外出できないほどであったが、その焼跡の灰の下には、まだ火種が熾火《おきび》のように燻《くすぶ》っていたのである。

やがて火種は勢いを増し、灰とともに次々と飛んで、また小石川の伝通院《でんずういん》前新鷹匠《たかじょう》町から出火。一気に南へ焼けひろがり、今度は江戸城の北側へと迫っていった。

北西の牛込門から内堀内に侵入した火の手はその南寄りの竹橋門にまで及び、門内に建ちならぶあまたの大名屋敷から紀州藩邸、水戸藩邸、本理院《ほんりいん》（家光正室）屋敷、天樹院《てんじゅいん》（秀忠の娘千姫）屋敷までをたちまちのうちに燃え上がらせた。

各藩邸のたくわえていた煙硝に引火するのであろう、あちこちから爆裂音が轟《とどろ》いて空気を切り裂くかと思えば、蔵が崩れ落ちて大地を揺るがし、その上空には黒煙と炎が熱風とともに渦巻いて、灼熱《しゃくねつ》地獄とはこのことである。

この日早朝から異様な気配に気づいた正之は、いち早く江戸城本丸表御殿に登城して、やがて発生した火事のゆくえを見守っていた。ふたりの大老と老中たちも、追って登城して相つぐ報告に深刻に耳を傾けつづけた。

午後八つ刻（二時）、ついに火の粉が本丸付近にも降りそそぐに至った時である。

「知恵伊豆」

の異名をとる切れ者の老中、松平伊豆守信綱《のぶつな》が口火を切った。

「この本丸に火が及びましたなら、上さまには上野東叡山《とうえいざん》へ御動座あそばされるべきかと存ずる」

対して、大老酒井忠勝《さかいただかつ》は主張した。

「いや、牛込の弊藩下屋敷にお移りいただくのがよろしかろうて」

もうひとりの大老井伊直孝《いいなおたか》まで、赤坂の下屋敷にお迎えしたい、といい出したので、話はややこしくなりかけた。

眉《まゆ》をひそめてそのやりとりを聞いていた正之は、たまりかねて割って入った。

「いや、御三方の意見には従いがとうござる。未曾有《みぞう》の大火とは申せ、火事ごときによって天下の将軍が府城をお捨てあそばすなど、断じてあってはなりませぬ。この本丸が火に懸《かか》れば西の丸にお移りいただき、西の丸も焼失いたせば本丸の焼跡に陣屋を建てさせればよい。あるいは西の丸の先の山里お庭にお移り願ってもよい。いずれにしても」

とつづけようとした時、大きくうなずいて聞いていた老中阿部忠秋があとを引き取った。

「まことに肥後守《ひごのかみ》さまの仰せのとおりと存ずる。権現《ごんげん》さま（家康）この方連綿として天下の主にあらせられる御身が、軽々しく城外へ御避難なさるなどもってのほか」

こうして閣老たちがようやく意見を一致させてからしばらく経《た》った八つ半刻（三時）、いよいよ天守閣が天に沖《ちゅう》する紅蓮《ぐれん》の炎を噴き上げはじめた。内側から鎖《とざ》されていたはずの二層目北側の銅窓が強風に吹き破られ、火焔《かえん》を吸い込んだため、天守閣は内側から火を発して一大火柱と化したのである。

つづけて火は、建坪約一万一千坪のひろさを誇る本丸御殿にも燃え移った。いったん奥御殿へ入った奥女中たちに退去を命じてから、家綱は正之をはじめとする閣老たちと近習の者たちとに守られて蓮池《はすいけ》門をくぐり、西の丸へと避難した。本丸、二の丸に詰めていた者たち、奥御殿に住まう奥女中たちも陸続とこれにつづいたので、あたりには玉砂利を踏む足音が鳴り響き、どこからか馬のいななきも交錯して大変な混雑ぶりとなる。

しかも、この避難がほぼおわったころには、麹町《こうじまち》方面にあらたな火の手が上がっていた。それが半蔵門から外桜田へと燃えひろがり、彦根藩上屋敷をはじめ、山王社、大小名屋敷をことごとく焼きはらってしまう。

神田橋、常盤橋《ときわばし》、呉服橋、数寄屋《すきや》橋の諸門も焼け落ちて、八代洲《やよす》河岸までは一面の焼野原と化した。そして火は、さらに虎の門から愛宕山《あたごやま》の下、増上寺《ぞうじょうじ》門前から芝の方角へと津波のように進んでいったのである。

西の丸の一室を御用部屋と定め、閣老たちとともに逐一その報告を受けはじめた正之は、はっとした顔になって閣老たちにたずねた。

「ところで天樹院さまや千代姫さま、両典厩《てんきゅう》さまはいかがいたした。いずこへわたらせられたか、たれか聞いてはおらぬか」

千代姫とは、家綱の異腹の姉。両典厩とはおなじく異腹のふたりの弟――長松《ちょうまつ》（のち綱重《つなしげ》）と徳松丸（のち綱吉《つなよし》）のこと。このふたりはそれぞれ左馬頭《さまのかみ》、右馬頭《うまのかみ》に補されていたので、中国風に「典厩さま」と呼ばれていたのである。

しかし、閣老たちは誰もそのゆくえを知らないという。

「なんと」

激した正之は、言下に指令した。

「ただちに使い番を立て、御座所をお聞きしてまいれ」

その無事が確かめられたあと、松平信綱が正之にたずねた。

「火は芝にも及んだようなれば、肥後殿のお屋敷にもきっと火が懸ってしまったことでしょう。御家族はいずこに火を避けられました」

正之の妻子は、芝新銭座《しんせんざ》の会津藩中屋敷に住まっている。それと知って信綱は安否を気づかってくれたのだが、正之は知らぬ、という印に首を横に振り、きっぱりと答えた。

「この火急の時に臨み、私邸や妻子のことなど顧慮している暇はござらぬ」

　この会話を横で聞いていた阿部忠秋は、感嘆して呼びかけた。

「肥後殿。まことにお手前は、なんという無私のおひとか」

「いいえ、それがしに無私などということばはとても似合い申さぬ。それ、その証拠に」

　といって正之が息をついだので、信綱と忠秋は思わず両脇《りょうわき》から正之を見やった。すると肩衣《かたぎぬ》姿で正座していた正之は、おのれの腹を右手につかんだ白扇《はくせん》で軽く叩《たた》いてつづけた。

「その証拠に、それがしは少々ひもじくなってまいり申した」

　どうやら火は西の丸には及ばぬらしい、と判じられたころから緊張がゆるみ、正之は空腹を感じていたのである。

「おお、いわれてみればそれがしも」

「そういえば、もはや夕餉《ゆうげ》時が近うござる」

　信綱と忠秋は、正之をはさんで小さな笑い声を上げた。

三

　この日、平常なら大手下馬《げば》や桜田下馬に待機すべき諸侯の家来たちには、主人と別れたらいったん帰邸するよう命じられていた。

しかし、ひとり保科正之の腰の物番高橋市郎左衛門《たかはしいちろうざえもん》のみは、頑として退出してゆかなかった。

(肥後守さまの御家来衆なら格別じゃ)

と考えて役人たちもその待機を許し、正之にもそうと伝えていた。

西の丸に移るに際してこの高橋市郎左衛門を従えていた正之は、松平信綱、阿部忠秋との会話を切り上げると、つと立って廊下に出、そこに控えていた市郎左衛門にふたこと、みこと耳打ちした。

「かしこまって候《そうろう》」

無骨な顔だちをした腰の物番は、一揖《いちゆう》して立ち去る。

やがて日も暮れたころ、ふたたび西の丸にあらわれた市郎左衛門が会津藩の中間《ちゅうげん》、小者たちを使って運び入れたのは、大量の蠟燭《ろうそく》、燭台と大鍋に煮た粥《かゆ》であった。

西の丸の各部屋はたちまち灯《とも》が点ってあかるくなり、粥を供された家綱や近習の者たちは大喜びで飢えを癒《いや》した。

正之自身も粥椀を持って市郎左衛門を称《たた》えたが、市郎左衛門は逆に正之に報じた。

「上屋敷は無事でござりますが、芝の中屋敷と下屋敷には火の手が迫っております。もしもの時は、中屋敷、下屋敷の者たちは長門守《ながとのかみ》さまのお差図によりまして品川の東海寺に難を避ける手はずを講じておるとのことでございました」

長門守とは、正之のせがれで十八歳になる正頼《まさより》のことである。

「そうか。その方には、後刻褒美《ほうび》を取らせよう」

正之は、短く答えて微笑を浮かべた。

そこへ飛びこんできたのは、浅草にある幕府の御米蔵についに火が入り、どうにも消しかねている、という急報であった。

隅田川の一番堀から八番堀までの間に櫛比《しっぴ》する米蔵の数は、三十七棟百七戸。全国に散らばる幕府天領からの年貢米はその大半がここに集められ、徳川家の取り分以外は旗本御家人たちに扶持米《ふちまい》として支給される仕組みだから、ここの米が焼失することは、徳川家および旗本御家人たちの収入が長期間途絶えるという由々しき事態を意味する。

いやしくも幕政に参与する者なら、愕然《がくぜん》として、

「ただちに火消を差しむけい！」

と叫び立てるのがまずは常識的な反応というもので、この飛報に接した閣老たちも、正之以外はまさしくそのように主張した。

しかし、正之はこれに賛同しなかった。

「肥後殿には、御米蔵を燃えるに任せよとの御存念か」

正之より五歳年長の松平信綱が噛《か》みつくようにいうと、かれは落着いて答えた。

「伊豆殿、まあお聞きあれ。今日、江戸の火消をうけたまわる者には定《じょう》火消と大名火消があることはどなたもよく御存知のはず」

居流れていた閣老たちがうなずくのを待って、正之は静かにつづけた。この時代、まだ町火消は創設されていない。

「しかし、これらの火消組は昨日からうちつづく大火にことごとく出払っていて、もはや余力がないのはわかりきったこととは思し召されぬか」

閣老たちが暗黙のうちにそれを認めると、かれはまた口をひらいた。

「本日これまでに幾度か受けた報告によれば、昨日からの大火に家を焼け出された者たちは路頭に迷い、食物にさしつかえて飢えはじめていると申す。われらとて一杯の粥を喜んですすっているありさまなれば、その飢餓のほどは察するに余りあるところ、さればでござる」

正之がそこで提案したのは、

「飢えたる者は浅草に走り、火を防いで御米蔵の米を持ち出せ。持ち出すことのできた米は、その者が勝手にしてよい」

と触れ出そうではないか、というものであった。

「さすれば、ただむなしく焼け焦げるはずの米が窮民たちを助けることになり、窮民たちは米を得べく必死に火を消そうからおのずと火消に早替りすることになって、火の手も早く収まろうと申すもの」

これは、閣老たちにとってはまことに意表を突かれる発想であった。舌を巻いたかれらが一様にこれに賛同したので、正之はただちにこの決定を各地に触れ出させた。

このお触れは、無類の効果を発揮した。飢えと火の恐怖とに苛《さいな》まれつつ逃げ惑っていた被災者たちは、必死に行手の火を叩き消しながら浅草蔵前を目ざした。ためにかれらは火消として大いに役立ち、米蔵自体も全焼を免《まぬが》れたのである。

こうして三日目の一月二十日には、さしもの大火もようやく鎮火するに至った。ただし、その被害はまことに前代未聞のものであった。

江戸城自体も本丸および二の丸、三の丸を焼失し、類焼した大名屋敷は、上《かみ》・中《なか》・下《しも》屋敷をふくめて五百余、旗本屋敷は七百七十余、組屋敷は数知れず、神社仏閣三百五十余、橋梁《きょうりょう》六十、町屋四百町、片町八百町——計二十二里八町がことごとく焦土と化し、十万七千四十六人が焼死したのである。

さらにこの大惨事には、追い討ちがきた。二十一日突然気温が下がり、大雪が降って、家を失い路傍に身を寄せていた被災者たちからは凍死する者が相ついだのである。

(かろうじて焼死を免れた者が凍死せねばならぬとは！)

それを聞いて慨嘆した正之は、二十三日から七日間、府内六ヵ所で粥の炊き出しをするよう下知《げじ》するかたわら、家を失った者たちを調査させて御金蔵から総額十六万両を町かたの者たちに下賜《かし》することにした。これは、間口一間につき三両一分、という計算にもとづいて算出した額である。

さらに、屋敷を失った旗本たちにも作事料を与えよう、と正之が提案すると、またしても閣老たちは猛反対した。

「かようににわかの出費がつづいては、御金蔵の貯えも底をつくことになりかねぬ」

という理由からである。

「なにを仰せある」

正之は一同を澄んだまなざしで見わたしてから、諄々《じゅんじゅん》と説いた。

「そもそも官庫の貯蓄と申すものは、すべてかようなおりに下々《しもじも》へほどこして、土民を安堵《あんど》させるためにこそあるのでござるぞ。むざむざと積み置くだけならば、初めから貯えておく必要もない。ことに今回の大火は古今にも聞き及ばぬほどのものなれば、すみやかにほどこしを始めるべきだとは思い召されぬか」

その武断、武功の血筋によって閣老となった者たちが「覇道」にこだわりがちなのに対し、孔孟の教えをよく理解している正之は、「王道」をめざして政事にたずさわっている。その差が、ことあるごとにこのような発想の相違となってあらわれるのである。

しかし、覇道は決して王道に及ばない。閣老たちはまたしても正之の高邁《こうまい》な意見に服したので、すみやかに町屋の復旧が始められることになった。

だが、まだまだ難問は山積みになっている。

その最大のものは、大火後にわかに米の価格が急騰して庶民を苦しめていることであった。

「肥後殿のお知恵を拝借いたしたい」

閣老たちにいわれた時、正之は明快に答えた。

「よろしいか。物の値《あたい》と申すものは、その物の数量が少ないのに買い手があまたある時に値上がりするものなのでござる」

それでも松平信綱以外は釈然としない顔をしているのに気づき、正之はたとえ話を始めた。

「たとえばここに、立派な黄金《こがね》造りの仏像と安手な鉈豆煙管《なたまめぎせる》とがあるといたす。おのおの方が値をつけるとすれば、まずは仏像の方に大枚《たいまい》をはたくでござろう」

一同がうなずくと、正之はほほえみながらつづけた。

「ところが、黄金造りの仏像の方が鉈豆煙管よりもつねに高直《こうじき》に売買されるとは限らぬのでござる」

「ふむ」

「たとえば黄金造りの仏像に誰も買い手がつかなんだ場合、この仏像は一文にもならなんだのだから売り手にとっては一文の価値もなかったということになる。対して煙草好きなのに煙管を持たぬ者十人が鉈豆煙管をほしがったといたすと、ある者は一両といい、別のある者は二両出すと言い出すかも知れぬ。もし二両で誰かが買い取ったといたすと、黄金造りの仏像は一文にもならなんだのに鉈豆煙管は二両となり、鉈豆煙管の方が高直《こうじき》な品であったということになるのでござる」

「ははあ」

一同が感心していると、松平信綱が口をはさんだ。

「すなわち目下の江戸の米は、肥後殿のおっしゃった鉈豆煙管とおなじことで、煙草を喫いたがる者が多いから高直になっている、ということでござるな」

「さよう」

と正之は、後を引き取る。

「これが煙管であれば、煙草停止《ちょうじ》とお触れを出してしまえば先ほどの仏像とおなじで買い手はつかなくなる。しかし米を食べるな、というわけにはまいらぬから問題なのだ。で、目下の米の価格は、御府内にある米の量が火事で激減いたしたのに、米櫃《こめびつ》を焼かれて買い手がいやましたことによって急騰しているのでござる。されば、米の価格を安くするには、御府内に大量の米をどこからか運び入れること、あるいは買い手の数を大急ぎで減らすこと、このいずれか、あるいは両方の策を講ずることが肝要となるのでござる」

「まことに仰せのとおりと存ずる。すでに紀州藩より米一千俵を献上してまいりましたから、お上《かみ》のお許しを得てまず手はじめにこれを放出いたし、少しでも御府内にある米の量をふやしましょう」

松平信綱のことばに正之はうなずき、こうつけ加えた。

「さらに米の買い手の数を減らすために、在府中の諸大名にいとまを与え、早々に帰国いたすよう下知いたそうではないか。たしかこの四月には二十二家の諸侯が参勤いたす手はずだが、これも六月まで国許《くにもと》にとどまるよう通達いたせばよい」

正之が信綱と阿吽《あうん》の呼吸で物価抑制策を講じたので、米の騰貴《とうき》という最大の問題も間もなく平常に復することになる。

なお、徳川八代将軍吉宗《よしむね》による享保《きょうほう》の改革、老中松平定信《まつだいらさだのぶ》による寛政の改革、おなじく水野忠邦《みずのただくに》による天保《てんぽう》の改革――いわゆる江戸の三大改革が、つまるところ武士階級以外からの不平不満の大合唱を浴びて失敗におわったのは、かれらが極端な緊縮財政策、経済統制策をとりすぎたためであった。かれらは、そのような経済政策をとりつづければ景気がすっかり冷えこんで社会が沈滞してしまう、という市場原則をまったく理解していなかったのである。

その意味で、享保の改革より半世紀以上も前に、需要と供給との関係を見抜いていた正之は、時代に稀《まれ》な人物だったといえよう。

## 四

そして、一月二十四日がきた。この日は家綱の祖父台徳院《たいとくいん》（秀忠《ひでただ》）の命日であったから、家綱は前々から芝増上寺の台徳院廟《びょう》に参拝する予定であった。

ところが、江戸は思いがけない大惨事に見舞われて、

「この不安に乗じて第二の由井正雪《ゆいしょうせつ》たらんとしているやからがいる」

「いや、それはまことに由井正雪一派の残党じゃ」

といった流言蜚語《ひご》も飛び交《か》っている。

実際に西の丸下の焼け残った大名屋敷に火つけして、火事場泥棒をはたらこうとした盗賊二十人が捕縛されるという事件も起こっていた。

それらのことを考えあわせた保科正之は、この日、台徳院廟には自分が代参することにした。

正之が長棒引戸の乗物のなかから透かし見ると、特に京橋からその西寄りの中の橋

に通じる通りには、焼け爛《ただ》れてなかば炭のようになった屍《しかばね》が無数にころがって腐臭を放ち、見るも無残な光景であった。

帰城したあと、すみやかに家綱の御座所にすすんだ正之は、その事情をつぶさに述べ、大いなる塚を造って焼死者たちの霊を弔いたい、その費用もまた官費をもってまかないたい、と願い出た。

家綱がこれを許し、閣老たちにも否やはなかったので、とりあえず正之は本所《ほんじょ》牛島の地に九千六百五十三柱の屍を集めて埋葬し、

「万人塚」

を建立《こんりゅう》させることにした。

今日の回向院《えこういん》の初めだが、芝増上寺の末寺である回向院は、その寺号を、

「諸宗山無縁寺」

という。この寺号は、約十万の無縁仏の亡魂追福のために建てられた寺であることを示すものにほかならない。

万人塚建立を決定したあと、ようやく正之は品川の東海寺にむかった。かれは十九日の大火発生後、桜田門内に焼け残った会津藩上屋敷にも帰らず西の丸に詰めきりになっていたため、東海寺に避難したと聞く家族たちを見舞う暇もなかったのである。

優美な姿の御殿山《ごてんやま》に隣り合う東海寺は、沢庵《たくあん》和尚が家光の援助を受けて寛永十五年（一六三八）に建立した、まだ新しい寺院である。この東海寺には、正之の継室おまんの方をはじめ、次男長門守正頼十八歳、四男大之助十一歳、五女石姫八歳、五男新助四歳が身を寄せているはずであった。

正之が寛永十年（一六三三）正室に迎えた磐城平《いわきたいら》藩主内藤左馬助政長《ないとうさまのすけまさなが》の娘お菊の方は、四年後にわずか二十歳にして病没。その忘れ形見で正之が自分の幼名を与えた幸松《こうまつ》も、五歳で夭折《ようせつ》してしまった。

正頼以下は、その後継室に入ったおまんの方の腹で、正之はおまんの方との間に四男五女をもうけていた。

うち長女媛姫《はるひめ》は、二年前に米沢《よねざわ》藩主上杉綱勝《うえすぎつなかつ》に入輿《じゅよ》。次女中姫、三男将監《しょうげん》、六女風姫、七女亀姫は幼くして世を去ったが、別に会津の国許には、お国御前おしほの方の生んだ四女松姫が九歳に育っている（三女菊姫は三歳で夭折）。

中では幼名を虎菊といった正頼に、正之はもっとも期待をかけていた。

寛永十七年（一六四〇）十二月四日、会津藩上屋敷に生まれた正頼は、慶安二年（一六四九）春の節句に十歳にして伯父《おじ》家光に拝謁。家綱の代となって四年目の承応三年（一六五四）十二月には従四位下、侍従となり、長門守を兼ねた。

さる明暦元年（一六五五）には初めてお国入りし、鶴ヶ城に約五ヵ月間滞在したから、正之も国許を守る藩士たちも、いずれ会津藩第二世藩主となるであろう正頼の成長を楽しみにしていたのである。

しかし、――。

正之が長棒引戸の乗物を出、階《きざはし》を上がって本堂に入っても、正頼の姿はどこにもなかった。

「長門守はいずこにある」

思わず出迎えの用人たちにたずねたのは、正頼はもともと蒲柳《ほりゅう》の質であったのに加え、大火前から風邪を引いていたのを思い出したからである。

進み出て大仏壇を背に平伏した正頼付きの小姓は、恐縮しきって答えた。

「若さまには、十九日いよいよ中屋敷に火が迫りました時には、北側のお長屋を火から守ろうと思し召され、水門までお出ましあそばされて火消のお差図をなされました。しかしどうにも消しがたいので、いったん奥方さまならびにお子さま方を芝金杉の御蔵屋敷に立ちのかせられ、また中屋敷にもどられて火消のお差図をなされました。この時、お隣りの伊達陸奥守《だてむつのかみ》さまのお屋敷の煙硝蔵に火が入り、火薬が大爆発いたしましたので人馬ともに仰天いたしましたが、若さまにはお顔の色も変えずにお差図をつづけておいででした。それでもなお火勢は衰えを知らぬありさまでございましたので、若さまには奥方さま、お子さま方御一同に片原町の浄行寺を経てこの東海寺へ逃れるようお命じになり、おんみずからはお行列を整えて中屋敷をお立ちのきになったのでございます。されど若さまには、お殿さまも御存知のようにこのところお風邪を召しておられました。この騒ぎでお風邪をこじらせてしまったのでしょうか、この東海寺にお移りあそばされましてよりにわかに御不例となり、二十日以降庫裡《くり》の一室に臥せっておられます」

「ふむ」

疲れが出ただけならじき治るだろう、と思い、正之はまっすぐ正頼の寝所にむかった。

しかしかれは、横たわって息を喘《あえ》がせている正頼の顔を見た瞬間、凝然と立ちすくんでいた。ただの過労かと思いきや、その昏々《こんこん》と眠る顔からはすっかり血の気が失せ、頬はこけ目の下には黒ずんだ隈《くま》ができて、すっかり面《おも》やつれしていたからである。

(このような顔を、いつかどこかで見たことがある)

という思いがそろりと脳裡をかすめ、正之はたじろいだ。かれが思い出したのは、自分に冷たい手を差しのべ、

「そ、その方、余の恩を忘れてはおらぬであろうな」

と苦しい息の下からいった、臨終直前の異母兄家光の姿であった。正頼の顔には、その時の家光とおなじく死相が浮かんでいたのである。

「医師は、なんと申しておる」

落着け、と自分にいいきかせながら、正之は乾いた声で小姓にたずねた。

不幸にも正之の見立ては的中してしまい、正頼はそれから七日後の二月一日夜六つ半（七時）に至り、十八歳の若さで息絶えた。

すでに尋常の風邪ではなく腹部が引き攣《つ》るようになっていた正頼は、二十九日からは胸乳《むなぢ》の下にせき上げてくる症状を発した。正之が医師と薬を代えさせたところようやく落着き、家綱からの見舞の上使も安堵して帰城したほどであったが、その後にわかに苦しみ出して不帰の客となったのである。

その夜から、ただちに正之とその家族たちは喪に服した。

五日に正頼の亡骸《なきがら》を会津へ送り出し、浄光寺に葬るよう指示した正之は、しかしその二日後に閣老たちがお悔やみにくると、気丈に答えた。

「大火後なお人心定まらず、今は実に大事な時でござる。子を喪《うしな》いたるはそれまでのこと、この大事に臨み、大猷院さまより託孤《たくこ》の遺命を拝したる身が悲嘆に沈み、籠《こも》りきりになっているべき場合とは思われませぬ。忌み御免とならばすなわち出仕いたしたく存ずるが、どなたか上さまにおとりなし下さらぬか」

十九日に松平信綱から、御家族はいずこに火を避けられましたか、とたずねられた時、正之はきっぱりとこう答えたものであった。

「この火急の時に臨み、私邸や妻子のことなど顧慮している暇はござらぬ」

後継ぎを喪った今もおなじ態度を貫こうとしている正之の誠実さに打たれ、閣老たちは帰城するとすぐ家綱にその希望を伝えた。

家綱はその日のうちに上使を派遣し、忌み御免の旨を伝えたので、正之はまた八日から登城して政務にたずさわることになった。

## 五

しかし二月八日、この月初めて登城した保科正之を待っていたのは、

「肥後がまいり次第、内々の話をいたしたい」

という家綱からの伝言であった。

正之は、家綱が十一歳の時からもう六年間もその輔弼《ほひつ》役をつとめているが、このような伝言を受けたのは初めてであった。ただしかれとしても、家綱からの弔問の上使を迎えたこと、忌み御免の台命《たいめい》を賜ったことに対して御礼を言上しなければならないところであったから、ただちに後座所下段の間に伺候《しこう》した。

だがこれもまた意外なことに、すでに上段の間に出座して御簾《みす》に上体を隠していた家綱は、人ばらいをして正之に御簾のなかへ入れという。

（はて、なにごとであろう）

と思いながら正之が上段の間に進んで平伏すると、

「肥後よ、耳を貸せ」

紋羽織姿の家綱は、十七歳の少年らしく若々しい声で命じた。

大銀杏《おおいちょう》の髷《まげ》を乗せたやや面長で鼻筋の通った顔だちと切れ長の瞳、大きくふくよかな耳朶《じだ》は、若き日の家光に日ごとに似てくるようである。

「はい。ではちと失礼いたしますぞ」

月代《さかやき》をひろく剃《そ》って小さな髷を乗せている正之は、白ぬきの角九曜《かくくよう》紋を両の胸前に打った肩衣に半袴、白足袋《たび》姿で膝行《しっこう》した。

家綱は扇を半びらきにして自分の口と正之の左耳を隠すようにし、声を落として告げた。

「実はもっと早くその方に伝え、相談いたしたかったのだが、その方が一心不乱に大火後の措置を講じておったゆえ、かように面妖《めんよう》な話を持ち出すのもいかがなものかと思って控えておったのだ。長門守の不慮の逝去でその方が忌中と相なってからも、余はひとりで考えていたのだが、どうにも思案に余っての」

そう前置きして家綱がうちあけたのは、にわかには信じ難い話であった。

話は、先月十九日の大火当日にさかのぼる。午後八つ半刻（三時）すぎ、いよいよ本丸表御殿にも火が燃え移ったので、この西の丸に避難することになった時、家綱はいったん奥御殿に行って、そこに住まう奥女中たちにもすみやかに西の丸に移るよう下知しようとした。

しかしこの時、家綱が単身御錠口《おじょうぐち》の杉戸から大奥へむかおうとすると、もう大奥の廊下にはうっすらと煙がたちこめはじめていた。

一瞬、家綱が進むのをためらった時、背後から足音立てて走ってきた者が家綱に呼びかけた。

「上さま、危のうござります。もしお許しいただけますなら、拙者《せっしゃ》めが上さまに代わりまして大奥に駆け入り、早く西の丸へ移るようお女中がたに指示してまいりましょう」

ふりむくと、まなじりを決してそこに立っていたのは甲州谷村《やむら》藩主秋元富朝《あきもととみとも》であった。わずか一万八千石の小大名ながら、譜代の家柄であるため富朝の弟の主水《もんど》は一時家綱の小姓に任じられていたことがある。そのため家綱は、ひと目で秋元富朝とわかったのである。

「うむ、ゆけ」

将軍の許しを得た秋元は、将軍以外は男子禁制の場所である大奥へ勇んで走りこんでいった。

やがて御錠口には、悲鳴を上げて奥女中たちが雲霞《うんか》のように集まってきた。それを見て家綱は、秋元の指示が適切なものであったと判断。やがてあらわれた松平信綱にあとを任せ、正之たちと合流して西の丸へ逃れた。

こうして無事移動を果たした家綱は、秋元富朝がやってきたら褒美になにを与えようかと考えていた。

しかし、その後秋元は一向に姿をあらわさなかった。自分の屋敷が心配になってそのまま下城したのだろう、と考え、その時まだ家綱は、深くは気に留めなかった。ただでさえ城中は火消しと避難に追われて鼎《かなえ》の沸くがごとき騒ぎになっており、家綱としてもいつまでも秋元ひとりに気をつかっている暇はなかったのである。

その後も家綱は、一度も秋元富朝の姿を見かけなかった。二十一日に降った突然の大雪に震え上がり、風邪を引いた大名たちも多かったから、かれは屋敷に帰るや寝こんでしまったのか、とも思われた。

そこで家綱は、表坊主の坂口道阿弥《さかぐちどうあみ》に命じた。

「秋元越中守（富朝）が登城いたし次第、わが前にまかり出るよう伝えよ」

その道阿弥が、

「ただいま越中守さまの御家来が、越中守さまのお召し更《か》えの衣裳を届けにまいりました」

と家綱に報じたのは、二十四日、正之が家綱の代参として台徳院廟に参詣に出むいた間のことであった。十九日、諸侯の供侍《ともざむらい》たちをいち早く帰邸させたために、秋元家側では、主人は以来城中に詰めきりになっていると信じていたのである。

（ということは、秋元は大奥から出てこなかったということではないか！）

ここに至ってようやく事態の由々しさに気づいた家綱は、みずから大奥を検分しに行ってみた。なかば焼け落ち、なかばは焼け焦げながらも燃え残った奥御殿を近習の者たちに命じて万遍なく調べさせてみたが、それらしき遺体はどこからも発見できなかった。

「すなわち秋元は、あの大火のさなか、余に代わって大奥へ駆け入ったかと思うと、神隠しにあったかのように忽然《こつぜん》と消えてしまったらしいのだ」

と語って、家綱はようやく口を閉ざした。

（こともあろうにこの江戸城のなかで、大名が行方知らずになったとは！）

事の重大さを悟った正之は、

「上さま——」

と、今度は自分の方から家綱の耳に息を吹きこむようにしていった。

「いまのお話を案じますに、たしかに秋元越中守殿には奥御殿より出てはまいらなんだように思われます。しかし上さま、この世に神隠しなどというものは、断じてござりませぬぞ。越中守が行方不明になったのには、それがなにかはまだわかりませねど、かならず原因があるはずでござる」

儒学を深く学んだ正之は、

《子《し》は怪力《かいりょく》乱神を語らず》

という『論語』の一節を信じている。

家綱が素直にうなずくのを待ってから、かれはあらためてたずねた。

「ところでこの話は、上さまと坂口道阿弥、そして秋元家のほかには誰と誰が知っているのでございましょう」

「余はその後とりあえず道阿弥を谷村藩邸に派し、上意として越中守が所在不明となっていることは一切口外まかりならぬ、と伝えておいた。越中守は余の代わりに大奥に走りこんだ者なれば、余の力でなんとか真相をあきらかにしてやろうと思い、かようなことにまでその方の手を借りて相済まぬと考えてもいたのだが、どうにも埒《らち》があかぬのだ。そのうちその方にも不幸が見舞ったゆえ、つい日にちが経ってしもうた」

「されど、政事も日に日に復しつつあることでござれば、すでに越中守殿の不在に不審を感じはじめている諸侯も少なくはございますまい」

「…………」

「上さま、それがしをはじめ閣老たちは、あの大火の直後、米の値上がりを抑えるために、在府の諸侯を早々に帰国させるよう相定めてござる。秋元越中守殿は、いち早くその命を奉じて帰国いたしたことにいたしましょうぞ」

「うむ」

「その間にそれがしが、なんとかこの由々しき大事に決着をつけて御覧に入れましょう。ところで上さまには、最前、越中守殿が大奥に駆け入ったあと、松平伊豆守殿がやってこられたと仰せになりましたな」

「うむ、伊豆守は、彦戸から逃れ出てきた奥女中どもに、走るべき方角を差図していたようだ」

「ではそれがしは、伊豆殿には真実を告げて、ふたりで対策を講ずることにいたします。これのみ、御承知おき下さいますよう」

「よきにはからえ」

家綱はもっとも信頼する人物に懸念事《けねんごと》を伝え、肩の荷を下ろしたような顔つきになって答えた。

## 六

保科正之が以上の経過を松平信綱に伝え、

「知恵伊豆と呼ばれるお手前に御意見をうかがいたい」

と告げたのは、その夜五つ刻（八時）、会津藩上屋敷黒書院でのことであった。信綱は、この日城中で正之から、夜分弊藩邸へ内密におはこび下さらぬか、とささやかれ、供侍数人をつれただけで微行してきたのである。

「――これは、なんともむずかしい事件が出来《しゅったい》いたしましたな」

切れ者らしい肉薄い顔だちをした信綱は、正之に正対して溜息《ためいき》をついた。

正之が人ばらいしたため、黒書院のなかにはふたりしかいない。ふたりは、紙燭《しそく》の灯が揺らぐなかで目と目を見つめ合った。

信綱がいつになく話しにくそうにしているのを感じた正之は、まず十九日の信綱の行動を称えた。

「あの日お手前は、御錠口から奥女中どもがこけつまろびつ走り出てくると、西の丸へ通ずる廊下の畳をいち早く裏返しにして方角を指示なさったと聞きました。まことに天晴《あっぱれ》なお差図、感服いたしておりました」

「いや、あれは」

信綱は、苦笑して答えた。

「奥御殿の外に出たことのない奥女中は、中奥《なかおく》や表御殿のことは西も東もわかりませぬ。されば、ああでもいたさねば道を失ってますます大騒ぎになる、と思っただけでござる」

信綱は、慶長九年（一六〇四）家光の誕生とともに九歳にして小姓に召し出され、小姓番頭《がしら》、若年寄を経て寛永十年（一六三三）以来もう二十四年間も老中職をつとめている。それだけに家光のかつての私生活にも通じ、奥御殿の内情にも自分よりは詳しかろう、と考えて正之は水をむけた。

「ところで大猷院さま御逝去後、それがしは西の丸に詰めきりになっていたため関与いたさなんだが、大奥にはかなりの大鉈《おおなた》が振るわれたようでござったの。あの時、お暇《いとま》を出された者はどれくらいござったかの」

「さよう、落飾いたしたる大猷院さまお手つきのお中﨟《ちゅうろう》方からお末《すえ》の者までふくめれば、三千五百人は下りませなんだ」

家光には、その死とともに出家して本理院殿と称した正室のほかに、おふりの方、おらくの方、おなつの方、おたまの方、おうめの方、おりさの方、おことの方など多くの側室があった。

正室およびこれらの側室たちにはそれぞれ二、三十人から七、八十人のお付きの者がおり、このお付きの者たちにつかえるお犬子供（雑用掛《がかり》）、おたもん（飯炊き）まで存在した。ために正室と側室たちが家光の死によって一斉に髪を下ろし、大奥を去るに際してはかくも大規模な人員整理がおこなわれたのである。

「で、今の上さまの御世《みよ》となってより、大奥はいかが相なっておる」

「はい。上さまにはいまだ奥におわたりになることは絶えてなく、お手つきのお中臈もなきようでござるが、やがて御台《みだい》さまをお迎えいたさねばなりませぬゆえ、御老女がたが種々手配いたして、また新たに顔ぶれをととのえたと聞き及んでおり申す」

家綱は、年内に伏見宮貞清親王《ふしみのみやさだきよしんのう》の娘、浅宮顕子《あさのみやあきこ》十八歳を正室に迎えることになっている。

「ふむ、それで」

正之がにこりともせず先をうながすと、

「え、それで、と申しますと――？」

信綱は、またたきして問い返した。

「いや、かつての麟祥院《りんしょういん》さま（春日局《かすがのつぼね》）のような目はしの利きたる姥《うば》さまでもおれば別だが、いまだ御台さまもましまさぬゆえ奥女中たちは近頃やや野放図になっているのではないかと思うての」

「これは、肥後殿。秋元越中守の失踪《しっそう》一件、奥女中どもがなにかかかわっているとお思いか」

信綱は、一段と声を落としてたずねた。

「うむ、なんとも浅ましい勘繰りのようで口にするのもはばかられるのだが、それがしの頭ではどうにもそうとしか考えられぬ。されば、知恵伊豆殿の知恵を拝借いたしたくてお越し願った次第」

「いや、肥後殿。いましがた、実はそれがしもおなじことを考えており申した」

信綱は、思い切ったようにいい出した。

「奥女中どもが孤閨《こけい》の淋《さび》しさに耐えかね、宿下がりの折りなどに役者買いなどをいたして淫《いん》に耽《ふけ》るかたむきがあるとは、昔よりいわれていること。これはさる隠密より直接聞いたことでござるが、徳島藩その他の諸藩にても、奥殿に足を踏み入れた男子は無事に戻ってはこられぬ、といい伝えられている由。越中守殿もまだ火の手が及びつつあるとは知らずにいた女たちのなかに踏みこんでしまい、もてあそばれたあげく巧妙に始末されてしまったのではありますまいか」

「まさか」

と正之としては一笑に付したいところであった。だが、現実に秋元富朝が大奥で姿を消している以上、信綱の想像を一蹴《いっしゅう》することはできない。

「しかし、もしそうであったとすれば前代未聞のことだの」

「いや、それがそうでもないのでござる」

といって信綱がうちあけたところを聞き、謹厳実直な正之は一驚を喫した。

大奥で男が姿を消した前例は、信綱が小耳に挟んだところだけでも二、三度はあるという。年末に煤《すす》はらいに入った人足がもどってこなかった例、小間物を商いにきた男が消えてしまった例、……。

「それらの者は、ことごとく奥女中どもの淫風の犠牲《いけにえ》になったと申すか」

「これは麟祥院さまが御生前それがしに嘆きつつ洩らされたところでござりますが、麟祥院さまがさるお中﨟のお局を不意に訪れましたところ、そのお局には男の臭いが淀《よど》み、そのお中﨟のしいたけたぼがかっくりと乱れておったこともあると聞きました」

「しかし女どもの犠牲になったにせよ、それならばいずれどこからか死体が見つかるであろうが」

「それが、大奥には決して死体の発見されぬ場所がひとつだけあるのでござる」

「それは」

正之が身を乗り出すと、信綱は、

「尾籠《びろう》でもあり、畏《おそ》れ多いことながら」

と前置きしていった。

「それは、御台さまの厠《かわや》の塹坑《ざんこう》でござる。長局のそれならまだしも、この塹坑は一代にひとつ、しかも底もわからぬほど深く掘り抜きましたものにて葛西《かさい》の者にも手を触れさせませぬゆえ、ここに落としさえすれば決して見つかりはせぬのでござります」

葛西の者とは、葛西からくる肥え汲《く》みのことである。

たしかにいわれてみれば、御台所不在の今日、この塹坑は遺体処理にはうってつけの場所であった。

「それにしても、そこまで推し量れるのであれば下手人《げしゅにん》は詮議《せんぎ》できぬものか」

「奥女中どもは、御老女に奥で見聞いたしたところは死んでも口外せぬ、との誓詞を入れておりますれば、それはなかなかむつかしゅうござる。さらに、大猷院さまの時代よりは少なくなったとは申せ、なお二千人以上の人数もおりますれば」

「いやはや、われらが大火の後始末に追われている間に、大奥でかくも奇怪な出来事が起こっていたとは」

これにはさすがの正之も、長嘆息することしか知らなかった。

## 七

それから二ヵ月以上経《た》った明暦三年四月二十日すぎ、江戸城本丸の御殿の再建がほぼおわりかけたため、西の丸に仮住まいしていた家綱や閣老たちをはじめ、諸役人、奥女中たちの引越しがおこなわれた。

すると家綱はつと立って木の香の新しい奥御殿に入り、広間におもだった奥女中たちを集めて宣言した。

「余がいまだ若年なのをよいことに、近頃奥では内外の者を集めて遊芸に耽るかと思えば、忌まわしきふるまいをなしたる者も少なからぬと聞き及ぶ。まことにもって言語道断につき、今後さようなふるまいがあればただではすまさぬ。さよう心得よ」

これはむろん、保科正之がそういうよう勧めたのである。

これに先立つ四月五日に京を発《た》った浅宮顕子は、十八日、竹橋門内の天樹院屋敷に到着。二十三日、大奥に入って晴れて江戸城の女主人となり、七月十日、西の丸において家綱との婚礼が盛大におこなわれた。

父家光と異なり、家綱は延宝《えんぽう》四年（一六七六）八月に顕子が三十七歳で死亡するまで側室を置かなかった。そのためもあってか、大奥の不祥事はその後長く起こらなかった。


当主の失踪という前代未聞の事態に直面した谷村藩秋元家は、正之の指示を忠実に守り、あるじは国許で病気療養中である、との態度を守りつづけた。

そのけなげな態度に感心した正之は、その家督相続を認めるよう家綱に言上してやった。その結果、秋元富朝は同年六月十七日、国許の谷村において四十八歳を一期《いちご》として死亡したと発表され、十月二日、まだ九歳のその養子喬朝《たかとも》に遺領相続が許された。

喬朝あらためのちの秋元但馬守喬知《たじまのかみたかとも》は、それから二十五年後に老中に就任。さらに二十年後の元禄十四年（一七〇一）三月十四日、播州赤穂藩主浅野内匠頭長矩《あさのたくみのかみながのり》による高家《こうけ》筆頭吉良上野介《きらこうずけのすけ》刃傷《にんじょう》事件に際会する運命をたどる。

これらの措置もことごとくおわり、消失した町屋や大名屋敷も次第に旧に復しつつあった翌万治《まんじ》元年（一六五八）、閣老たちの間では、

「次には、ぜひあの五層の天守閣を復元いたさねばならぬ」

という意見が大勢を占めるようになった。

この再建論を疑問に感じていた正之は、ある日の閣議の席上、

「思うに天守閣と申すものは」

とおもむろに口をひらいた。

「戦国の世に織田右府（信長）の建てた安土《あづち》城に始まると思われるが、これが軍用に多大な利点を発揮した例は史書に見えませぬ。いわば、ただ世間を観望いたすのに便利というだけの代物《しろもの》なれば、さようなものの再建に財力と人力とを費すよりも、むしろますます町屋の復旧に力を入れるべきでござろう」

家綱が率先してこれに賛成したので、ここに江戸城天守閣は再建されないことに定められた。

今日の皇居――旧江戸城に天守閣がないのも、正之のこの主張にもとづいている。

「艱難汝《かんなんなんじ》を玉《たま》にす」

という。

正之は嗣子《しし》正頼を失うという不幸に直面しながら誤ることなく幕閣を指導し、

「またとなき名君である」

との世評を高めていったのである。

# 忍法肉太鼓

山田風太郎

山田風太郎《やまだふうたろう》（一九二二～二〇〇一）

兵庫県生まれ。少年時代から受験雑誌の小説懸賞に応募、何度も入選を果たしている。東京医科大学在学中に、探偵雑誌「宝石」に応募した「達磨峠の事件」でデビュー。ミステリー作家として活躍するが、一九五九年出版の『甲賀忍法帖』からは、超絶的な忍法を使う忍者の闘争を描く〈忍法帖〉シリーズで一世を風靡する。一九七五年の『警視庁草紙』からは明治時代を舞台にした伝奇小説で新境地を開き、その後『室町お伽草紙』、『柳生十兵衛死す』などの室町ものに移行した。晩年には、シニカルな視点から人生を語ったエッセイも執筆している。

# 一

「六波羅《ろくはら》」

と、声をかけたが、返事がない。

表で呼んで、奥まで声のとどかないような家ではない。長屋にひとしい四谷伊賀町《よつやいがまち》の組屋敷である。

伊賀者の原助太夫《はらすけだゆう》と古坂内匠《ふるさかたくみ》と菅沼主馬《すがぬましゅめ》はちょっと顔を見合わせたが、すぐに戸をあけて中に入っていった。べつに会釈《えしゃく》の要《い》る仲ではない。

座敷にあがり、唐紙《からかみ》をあけて、三人は立ちすくんだ。彼らはそこに、見るべからざるものを見たのだ。

真正面に、女がひとり、大きな盥《たらい》の中に坐っていた。坐っているというより、うしろの葛籠《つづら》にもたれかかっているのだが、彼女は一糸まとわぬ裸で、あぐらをかいて、眼をとじて——そして、その足をひたす盥の液体は鮮麗な血であった。

煤《すす》けた障子を透《とお》す光まで、春の日とは思われぬほど幻怪味をおびて見えた。女は葛籠にのけぞるような姿勢で、盛りあがったふたつの乳房が、上は蒼《あお》くぼうっとひかり、下は盥の血を映してうす赤く見えた。六波羅十蔵《じゅうぞう》の妻のお路《みち》であった。

「御内儀」

と、呼び、すぐに彼女が失神していることに気がついて、

「十蔵」

と、三人はさけんだ。

座敷の隅《すみ》に立てまわした、うすよごれた屏風《びょうぶ》があった。三人はそこへ駈け寄った。

その中に、六波羅十蔵は端然と坐り、ふかぶかと首をたれていた。

「六波羅、何をしておる」

十蔵は顔をあげた。ふりむいて、

「——お、おぬしたち」

と、いった。まるで居眠りから醒《さ》めたようであった。

「十蔵、どうしたのだ。御内儀はどうしたのだ」

六波羅十蔵は黙って立ちあがり、屏風のかげから出て来た。座敷のお路をちらとながめたが、べつにおどろいた様子ではない。しずかにそばに寄って、まず盥の中に手を入れた。血の中をかきまわして、何やら探しているようであったが、

「ふむ」

うなずいた声に、会心の笑みがあった。それからふりむいて、

「おぬしら、何か用か」

「話があって来たが、それより御内儀を」

「わかっておる。すぐに手当をしよう。……おぬしら、となりでちょっと待っていてくれ。いまゆく」

と、彼はおちつきはらっていった。

——十分ばかりして、六波羅十蔵は、三人の待っている座敷にあらわれた。

「お待たせした」

「御内儀は？」

「いま、休ませてある。茶も出せんで、恐縮だが。……」

「茶などはどうでもよいが、十蔵、いまのありさまはありゃなんだ」

と、年輩の原助太夫がじっと十蔵の顔を見て、

「おぬし、御内儀をまないたにのせて、何か忍法の工夫をしていたのではないか」

十蔵は黙っていた。まじめな表情である。ややあって、

「助太夫老。お話というのは何でござろうか」

と、きいた。

「実は、伊奈《いな》家の断絶がきまった」

「ほう。……では、甚八郎《じんぱちろう》は死にましたか」

「それがたしかとなったと見える」

四人は憮然《ぶぜん》たる眼つきで、しばし沈黙した。

彼らの会話はこういうわけだ。やはりこの組屋敷に住む伊賀者伊奈甚八郎が、三年前からふっと姿を消した。べつにさわぐ者はいない。それに甚八郎が、隠密御用《おんみつごよう》で出立《しゅったつ》したことは、だれにもわかっていたからだ。ここに住む伊賀者は、不時に、ひそかに、江戸城の奥ふかく庭で将軍みずからの命により、或いは大老《たいろう》の御用部屋に呼びつけられて、隠密の任務を与えられる。彼はそのまま、自宅へもどることなく、どんな遠国へでも飛び立ってゆく。――甚八郎もそれにきまっているから、だれも話題にする者もなかったのだが、しかしだれいうともなく、彼のいった先は上州《じょうしゅう》館林《たてばやし》であることを、みなが知っていた。領主は館林中納言《ちゅうなごん》、二十五万石の城下町である。

それっきり、彼は帰らない。――そしていま、伊奈甚八郎の家は断絶ときまったというのだ。それは彼の死が確実となったことを意味する。

「――で？」

「甚八郎のことはやむを得ぬとして、伊奈の家がつぶれたのは」

と、菅沼主馬がいった。

「伊奈の家に甚八郎以外に男がなく、甚八郎にも子がなかったからだ」

「――で？」

「おぬしにも子がない」

十蔵はまたしばらく黙っていたが、やがていった。

「そればかりは、どうにもいたしかたがない」

「ほんとうにしかたのないことか？」

と、古坂内匠がいった。

「どんな女でもおれに惚れさせてみせる、というのが、おぬしの豪語ではなかったか」

「惚れる、惚れないと、子供ができる、できないとはべつの話だ」

「はじめ、おぬしが豪語したときはわれわれも笑った。しかし、おぬしがあのお路どのをわがものとしてからは、おぬしを見なおした。お路どのはこの組屋敷でも当時第一の美女、狙っておる者もうんといたし、だいいちよそから是非嫁にという口も、ふるほどあったはずだ。それなのに、お路どのはおぬしのところへ嫁に来た。掟によって、おれたちはおたがいの忍法を知らぬが、しかし、さては十蔵、やったな、とはじめて思いあたって、舌をまいたものだ。それから、七年たつ。見たところ、仲はわるくない。それどころか、この組屋敷でも、仲のいいことでは随一の夫婦に見える。――」

「仲はいいよ。しかし」

「待て、それで、伊奈家断絶のことをきいて、三人話をしておるうちに、おぬしの話が出た」

と、菅沼主馬がいった。

「そういえば、六波羅十蔵のところにも子供がない。できないのではない。ひょっとしたら、十蔵のことだから、あまり忍法の工夫に精を出しすぎて、子を生むことを忘れているのではないか、とこの助太夫老が心配なされ出したのだ」

「で、子供だけはせめて一人でも作っておけいよ、といいにやって来てみれば」

と、助六夫がいった。

「十蔵、おぬし、御内儀を道具にして、忍法の工夫をしておるな。道理で。――」

といって、次に言葉をのんだのは、お路が十蔵のところへ嫁にきていよいよ美しくなったが、その美しさがどこか病的に凄艶《せいえん》なものであったことを思い出し、そもそも十蔵がどんな実験を試みているかは知らないが、そんな材料につかわれては、子供のできるわけがない、といおうとしたのだ。

「いったい、十蔵、何をしておった」

「いや、拙者のためのお気づかい、かたじけない」

と、十蔵は顔をあげた。

忍者というより、学者のようにものしずかで、まじめで、荘重《そうちょう》な容貌《ようぼう》である。さっき古坂内匠が、お路を妻にすると十蔵が豪語したといったが、豪語するようなタイプではない。ただ自信と見込みを冷静に述べただけのことであったろう。ただ、ここ数年、彼は学者タイプから——何やら芸術家めいた翳《かげ》をおびて来た。しかも、どこやら狂気じみた芸術家の相貌《そうぼう》である。現代でも、じぶんの研究とか製作とかに熱中して、妻子のことには放心的な学者や技術者や芸術家があるが、三人の先輩や朋輩《ほうばい》も、それに似た危惧《きぐ》を抱いて忠告にやって来たのである。

「実は、子供を堕《おろ》したのだ」

「なに？」

「さっき、拙者が盥からすくいあげたのは、三月目《みつきめ》の胎児や胎盤であった」

「六波羅、それはまことか」

「……あれと祝言《しゅうげん》してから七年、お路が孕《はら》んだのはもう二十何回かに上ろうか。それを、おれはすべて水にした」

「そ、そりゃ、なんのためだ」

「水にするために、水にした」

堕胎そのものが目的で堕胎した、という意味である。

唖然《あぜん》として十蔵を見まもっていた菅沼主馬が、ややあってきいた。

「左様《さよう》な忍法を、何につかう」

「何につかうか、おれにもわからぬ」

十蔵は厳粛な眼で三人を見やった。

「それを判断なさるのは、上様か、御大老だけだ」

三人は沈黙した。

公儀伊賀組の忍者は、鉄の掟でおたがいの忍法を秘すことになっている。しかし、彼らを使用する将軍と大老は、むろんそれを知っている。江戸城の奥ふかく、それは一覧表としてそなえられているはずであった。それはたとえその将軍が隠居し、大老が罷免《ひめん》されようと、それを他にあかしてはならない。これも柳営《りゅうえい》の鉄の掟であった。いまの大臣が職務上知った国家の機密と同様である。

「子を生めとすすめにきてくれたから、これだけはいった」

六波羅十蔵は笑った。別人のようにやさしい、人のいい、哀愁味すらある笑顔になった。

「左様さ、それではおれも、そろそろひとりくらい男の子を生んでおこうかい」

二

六波羅十蔵が、大老の酒井雅楽頭忠清《さかいうたのかみただきよ》に呼ばれたのは、それから十日ばかりたった深夜のことである。

これは実に、将軍の居間から二間《ふたま》をへだてた次の間で、三十石三人扶持《ぶち》の六波羅十蔵は、そこへみちびかれてゆくにつれて、ふだんおちついた人間であったのに、しだいに足からわなないて来たほどであった。

この深更、いかに大老とはいえ、御用部屋に居残っているのも異例のことである。容易ならぬ密命が下されることはあきらかだ。

彼を案内して来た小姓《こしょう》は去って、御用部屋にあるのは、一穂《すい》の灯と、大老酒井雅楽頭だけであった。

「伊賀者六波羅十蔵と申すか」

と、雅楽頭はいった。十蔵は平蜘蛛《ひらぐも》のごとくひれ伏した。

「近う寄れ」

雅楽頭はうなずいたが、平伏した十蔵はしばらく身うごきもできなかった。

当然である。病弱な将軍家綱《いえつな》のもとにあってすでに十八年大老の職にあり、威権一世を圧し、その屋敷が江戸城大手門下馬《げば》先にあったので、「下馬将軍」とさえ称せられている人物であった。このとし五十七歳、堂々たる相貌には、一目見ただけで圧倒されるような威厳がある。

曾《かつ》て「伊達《だて》騒動」「越後《えちご》騒動」を裁決したのはこの大老である。ただ「伊達騒動」では奸臣《かんしん》側と目《もく》された伊達兵部《ひょうぶ》、原田甲斐《はらだかい》の方をひいきにし、「越後騒動」でも同じく妖物の噂のある小栗美作《おぐりみまさか》に味方したといわれ、かげではとかくの批評もあるが、それだけに一筋縄《ひとすじなわ》ではゆかない妖気が、そのゆたかな風姿にまつわりついていた。

　この二つの御家騒動に際しても、雅楽頭の手から、おびただしい伊賀組隠密が奥《おう》州《しゅう》や越後へ派せられたはずだが、六波羅十蔵がこの大老に直接呼びつけられたのはこの夜がはじめてであった。

「十蔵、近う寄れ」

　雅楽頭はもういちど、こんどは強くいったが、眼は机の上の書類にそそがれたままであった。

　眼をあげた。大老がいままで見ていたのは、伊賀組の名簿らしかった。

「内密の御用を申しつける」

「はっ」

「いうまでもないが、十蔵、これは大秘事じゃ」

「心得ております」

「また御用を承った上は、いかようなことがあっても辞退はならぬ」

「覚悟の上でございまする」

　ようやく十蔵はおのれをとりもどした。ひそかな感激はあったが、外見は彼らしく従容《しょうよう》たる態度を見せていた。

「拙者、いのちをかけて、どのような遠国へでも」

「遠国ではない」

と、大老はいった。

「大奥じゃ」

「――は？」

「そちは、大奥へ忍び込めるか？」

さすがの六波羅十蔵も息をのんだまま、声もなかった。大奥、いかにもそれは遠国ではない。この江戸城のおなじ郭《くるわ》の中にあるが、将軍家をのぞいては、大老ですら一歩も入ることはゆるされない男子禁制の秘境であることはいうまでもない。しかし十蔵は、その目的の場所の名より、そこへ御用を申しつけるという大老の心事を疑った。正直なところ、この御大老は狂気なされているのではないかと思ったのである。

しゃっくりのようにいった。

「大奥へ……いかなる御用で」

「そちの忍法届出《とどけいで》には、どのような女人《にょにん》にても催情《さいじょう》せしめ、且《かつ》、まちがいなく身籠《みごも》らせるとある」

「いかにも左様に届けてござります。しかし雅楽頭さま、まさか……その忍法を大奥の女人に使えと仰せなさるのでは」

「上様にはただいまお手付の御中臈《ごちゅうろう》が七人おわす」

大老はいった。

「その七人のおん方を御懐妊のおん身となし参らせたいのじゃ」

両腕をつき、雅楽頭を見あげたまま、六波羅十蔵は満面蒼白《そうはく》になっていた。まさに天魔の命令としか譬《たと》えようがない。その驚愕《きょうがく》すべき命令の意味を、

「きけ、十蔵」

と、大老は息もみださず、じゅんじゅんと説くがごとくいう。――

「そちも知るように、上様はお若きときより御病身にて、当年四十一にておわすが、いまだ御世子《ごせいし》がおわさぬ。これまで二、三度、御中臈御懐胎のこともあったが、いずれも水におなりなされた。しかも、ことしに入って、いよいよ御気分すぐれず……このところ一見つつがのう見え奉るが、奥医師どものおん見立てによれば、御病症内部にていよいよすすみ、御寿命はながくてあと半年――と申すことじゃ」

「…………」

「しかも、いまも申す通り、御世継ぎがない」

「…………」

「しからば上様御他界のとき、いずれさまが五代さまにおなりあそばすか」

「…………」

「御連枝《ごれんし》としては、ただおひとりの弟君、館林中納言綱吉《つなよし》さまがおわす」

「………」

「本来のおん血脈《けつみゃく》としては、中納言さまが五代さまにおなりなさるべきであろう。さりながら、忠清が見るに、中納言さまはその御性行、喜怒哀楽つねなく、一事に熱中されるやそれをお押えなさるところなく、執拗《しつよう》徹底、しかも明日はケロリとお忘れなさるという――まことに以て、常人の手に負いかねる大天狗《おおてんぐ》じゃ。かかるおん方を将軍家に迎え奉れば、かならず民は塗炭《とたん》の苦しみにおちいることは……不肖忠清、十八年大老の職にあったものとして、鏡にかけて見るがごとしじゃ」

率然として六波羅十蔵は、三年前館林に潜行し、行方を絶った伊奈甚八郎のことを思い出した。甚八郎がこの大老からいかなる秘命を受けたか、それはきっきりとはわからないが、朧《おぼろ》げながらも身の毛がよだつ思いがする。一方は下馬将軍とうたわれる酒井雅楽頭、一方は館林の大天狗と呼ばれる中納言綱吉卿《きょう》、ふたりのあいだにはすでにそのころからひそかなる暗闘が開始されていたのだと、いまにして思う。

「しかも、綱吉さまには、当上様の御余命遠からざることを御承知にて、以前より水戸中納言光圀《みつくに》卿をはじめ、尾張《おわり》、紀伊《きい》、また稲葉《いなば》、堀田《ほった》などの老中《ろうじゅう》に、はげしく運動なされておる。……いま、上様御他界あそばさば、綱吉さまが五代さまとおなりあそばすよりほかはない」

「…………」

「時が欲しい。いましばらく、この忠清に策をめぐらす時日が欲しい」

「…………」

「そのためには……上様御寵愛《ごちょうあい》の御中臈御懐妊という事態を、どうあっても必要とするのじゃ。その事態となれば、たとえ上様が御他界あそばしても、御出生のことあるまでは、綱吉さまは足どめとなる。況《いわ》んや若君御誕生あそばさば、綱吉さま御相続のことなどまったくすっ飛ぶであろう」

――大老のいうことはわかったが、わかればいよいよ全身に震慄《しんりつ》を禁じ得ないたくらみであった。

「十蔵、そちの忍法は必ず女人を身籠らせるという。相違ないであろうな」

「……相違なく、とは申しあげませぬ。十中六、七までは」

「それは男か。男と女を生みわけることはできぬか」

「あいや、こればかりは、拙者の思い通りにはなりませぬ」

「さもあろう。……さればによって、御寵愛の七人の御中臈すべてを御懐胎なしまいらせよ」

酒井雅楽頭は、あきらかに確率の現象をあてにしていた。――しかし、十蔵の頭はしびれ、混乱し、返答はしているが、何を返答しているかわからないほどであった。

恐怖に蒼《あお》ざめ、ひたいにあぶら汗をにじませて、やっと彼はいった。

「御大老、しかし、もし……もし若君御出生あそばさば」

と、いって、息せききって唇《くちびる》をわななかせた。それはこの三十石三人扶持の六波羅十蔵の血をひくものではないか、といいかけて絶句したのである。

「それは上様のおん胤《たね》かもしれぬ」

と、雅楽頭は、むしろ沈痛味をおびた声でいって、

「上様はおん病《やまい》の日毎《ひごと》にすすみつつあるを知り給わで、夜毎大奥へお通いじゃ。御中臈のお身籠りなされたおん胤がどこから来たかは神のみぞ知る。……」

きっとして、十蔵を見て、のしかかるように、

「天下のためだ！」

と、大老はいった。

三

後宮《こうきゅう》の美女三千人と称する江戸城大奥。

それは大別して、御殿向《ごてんむき》、御広敷《おひろしき》、長局《ながつぼね》の三つに分かれる。御殿向は将軍夫妻の私邸ともいうべきもので、これだけでも百余間《ま》はある。これに大奥の庶務一切をあつか

う御広敷、女中宿舎たる長局を合わせたものが御殿向に倍し、この大建築物はきわめて不規則に紆余《うよ》曲折し、さながら一大迷宮の観があるが、これと幕府政庁たる表《おもて》とは、ただ上《かみ》と下《しも》、二本の廊下でつながっているばかりである。

「上のお錠口」は将軍の通路で、黒塗縁《くろぬりぶち》の杉戸を立て、その外に銅板張りの大戸を立て、ここに「是《これ》より男入るべからず」と書いた紙札がかかげてあった。戸は朝八時から夕方六時まで半扉《はんぴ》をあけてあるが、あとは締める。その外部には、たえず数人の伊賀者が詰めていて、重々しくこの男子禁制の扉を守っている。「下《しも》のお錠口」は非常口であって、ここはたえず締めきりで、ふだんは使わない。

奥女中の外部への通路は、べつに七ツ口というものがあって、ここにも伊賀者の詰所があり、女中の出入りを監視し、また御用達《ごようたし》商人を受け付けるが、それも七ツ（午後四時）には締めきってしまう。しかも彼ら自身はあくまで番人であって、それより奥向きにはまったく進入をゆるされない。

そして大奥をめぐる築地《ついじ》や塀には諸所に門や木戸があるが、門の通行には切手を要し、木戸はその外側を伊賀者が守り、錠を下ろし、錠は上司の判をおした美濃《みの》紙で封印し、掃除その他の用事のためにこれをひらいたときは一々切った封印の点検を受け、また濠《ほり》や池にかかる橋は桔橋《はねばし》であった。

三千人の柔媚《じゅうび》な肉をつつんで、これはまさに鉄の壁であった。

長い思案ののち、六波羅十蔵は、北桔橋から大奥に潜入するのがいちばん成功率が高いとかんがえた。

第一には、それ以外の場所には幾重《いくえ》もの濠や門があり、且《かつ》首尾よく大奥に入ったとしても、大奥のまた奥にある長局まで達することは容易でない。内部のお錠口を通るなどということは、絶対に不可能である。その長局は江戸城のいちばん北部にあるのだが、その背面は濠になっている。外部から長局までの最短距離である。

第二には、その北桔橋は、その名の通り北側の濠にかかる唯一の橋であるが、これは葬式のときに下ろすだけで、ふだんは釣りあげたままになっていて、釣ってある鎖も錆《さ》びついているほどである。従って、ここがいちばん警戒が手薄で、桔橋のたもとの番所には、夜は二人の番人がつめているだけである。

六波羅十蔵は、大奥へ忍び入るにはここよりほかはないと決めた。

が、北桔橋、とつぶやいて、それから心中に嘆息をもらした。そこを守る番人はもとより伊賀者だが、それはじぶんと組屋敷ではもっとも親しい古坂内匠、菅沼主馬、原助太夫の三人であることに気がついたのだ。

十蔵自身はふだん内桜田《うちさくらだ》御門の警衛が役目であったが、その三人は北桔橋御門と西桔橋御門の番人をかねていて、ほかにも同役の者はいるが、少なくとも三人のうちの一人は、かならず毎夜北桔橋の番所にいることに想到したのである。

六波羅十蔵は、伊賀者の組屋敷でもいささか変り者と目されていた。それは忍者の繁昌した戦国の世から百年内外も経て、たんに城門の番人たるに甘んじている者の多い伊賀者の中で、とくべつ斯道《しどう》の研鑽《けんさん》にはげんでいるのが、かえって異質の人間に思われていたせいであったが、その中で、古坂内匠、菅沼主馬、原助太夫とだけはどこか肌が合ったというのは、この三人が忍法にかけては、それぞれ自負するものがあったからだ。

彼らの眼、耳、嗅覚《きゅうかく》。——それに、その忍法は掟によって知らないが、これがなみなみならぬものであることは、平生のつきあいから本能的にわかる。

しかも彼らは、いずれも先輩としてまた朋輩《ほうばい》として、ふだん親愛の情を見せ、或いは適切な忠告をしてくれた人々であった。

しかし、彼らは討ち果たさねばならぬ、もしじぶんの使命の障害になるならば。

特殊任務に服するとき、その秘密を守り、且唯一の命令者たる大老に絶対服従することは、伊賀者の厳たる宿命である。おそらく、人を変えて彼ら三人のうちに同じ命令が下ったとすれば、彼らも同じ決意を以て、同じ行動に出るであろう。

いちど、もっとも手ごわいと思われるこの三人を、組屋敷かそのほか外部のどこかで始末することをかんがえたが、すぐにこの思案は撤回した。それはかえって不審と騒ぎをひろげるもとだ。江戸城で服務中に斃《たお》せば、何事も秘密のうちに葬り去られると判断したのである。

鋭いが短い苦悶《くもん》ののち、六波羅十蔵は男らしく決意した。

## 四

夜だ。

濠をひそかに泳ぎわたって、江戸城北桔橋の下の石垣にたどりついた六波羅十蔵は、水面からわずかに口をのぞかせて、五寸ほどの竹筒を吹いた。

いや、吹いたのではない。なんの音も発しない。——竹の内部には、うすい紙様の膜がついている。彼の持っている一節《ふし》の竹は、その節をぬいて、この膜を張ったものであった。彼はその膜を、息でかすかにふるわせたのだ。

ふつうの人間には音波としてはきこえぬこの空気の振動が、桔橋御門の番所にいたふたりの伊賀者の鼓膜に微妙な振動を起した。共鳴現象というべきであろうか。

それは、あたたかい大地の底ふかくから、また星のまたたく春の夜空からきこえてくるような——いや、おのれ自身の耳の内部からわき出してくるような女の声であった。ふつうの声ではない。かすかに、かすかに、しかし、あきらかに性のよろこびに陶酔し、むせび泣く声で、男の脳髄をしびれさせる法悦の旋律であった。

番所にいた古坂内匠ともうひとりの番人は、はじめそれを聴覚とも意識しなかった。いつとはしれず、奇怪な妄想に沈んでいたのだ。この旋律は、眼に白い肌のうねりを、鼻にかぐわしいあえぎを、皮膚にやわらかい肉のうごめきの幻覚すらを呼んで、ふたりはあらい息さえついていた。

「——はてな」

さすがに古坂内匠は、からくもおのれをとりもどした。

「おい、きいておるか」

「……何を」

「耳に奇妙な音がきこえぬか」

「……おお、そういえば」

古坂内匠は番所の外へ飛び出して、大地にピタリと耳をつけた。

「桔橋の下の石垣だ。声はそこからきこえてくる」

もうひとりの番人は、槍をかかえてそこに走った。しかし、さすがにこれも伊賀者だ。不用意にはのぞかず、これまた土に耳をつけ、そこから徐々に石垣から首をのぞかせていった。

彼は暗い水面からつたわってくる微妙な音波をきいて、槍をとりなおした。しかし音の発する場所に何者の影も見えなかった。それで首をぜんぶつき出してキョロキョロした。――そのとき、思いがけぬ方角から一本の鏢《ひょう》がななめに飛来して、彼の頸部《けいぶ》をつらぬいていた。うめきもあげず彼は即死し、石垣から半身をダラリと垂れた。

桔橋の直下の石垣に竹筒をつき挿《さ》し、六波羅十蔵はそこから二間《けん》もはなれた水面で、もう一本の竹筒を吹いていた。その音波の振動は、石垣の竹筒に共鳴を起し、番人の耳にはなおそこが音源であるかのごとく錯覚させたのだ。それは二本の竹筒の角度が作り出した幻覚であった。

そのまま彼は石垣を、守宮《やもり》のごとく垂直に、いっきに這《は》いあがった。なお口に竹筒をくわえている。

その個所の空間へ――石垣からあがる音波めがけて、古坂内匠の手裏剣が走った。しかし、石垣の上端からまだ一間の間隔をおいて、六波羅十蔵のからだはこれまたななめに塀にとびつき、そのいらかに指がかかると、一回転して内部に降り立っていた。

絶叫しようとする古坂内匠の機先を制して、十蔵はささやくようにいった。

「内匠。六波羅だ」

「――十蔵。これは何としたことだ」

「わけはいえぬ。いわぬ以上、死なねばここを通すまい。内匠、死んでくれ」

ふたたび次の手裏剣をにぎった古坂内匠の前で、黒頭巾黒装束《くろずきんくろしょうぞく》の六波羅十蔵は、忍者刀《にんじゃとう》に手をかけず、なお竹筒を持っていた。

その竹筒をぬうと内匠の前につき出し、右手をそれに持ちそえたのだ。

何とは知らず、それが恐るべき武器であり、恐るべき姿勢であるような予感にうたれ、内匠は十蔵の行動の不審さを再考するいとまもなく、夢中でこぶしの手裏剣を投げた。

あまりに距離がちかすぎて、かえって手もとが狂い、それは十蔵の顔をかすめすぎた。火の糸が頰《ほお》をながれるのをおぼえつつ――十蔵は竹筒の節に張った膜を、一方の人差指ですっとつらぬいた。

古坂内匠は悲鳴をあげた。ふたつの耳に奇妙な音と激痛をおぼえたのだ。それっきり、彼は聾《ろう》になった。一瞬、天地が真空の寂寞《じゃくまく》と化したのを感じながら、彼は狂気のごとく第三の手裏剣を投げつけた。手裏剣はあらぬ空《くう》にそれ、彼は千鳥足《ちどりあし》になってよろめいた。

はじめて六波羅十蔵は竹筒を捨て、忍者刀をぬきはらって内匠におどりかかっている。

「ゆるせ、古坂」

胴を横薙《よこな》ぎにされて、古坂内匠は地に這《は》った。

その刹那《せつな》になっても、彼はじぶんの耳がどうなったかわからなかったろう。六波羅十蔵が竹筒に張った薄膜をつき破ると同時に、古坂内匠の鼓膜も破れ、その衝動は内《ない》耳《じ》にある三半規管をも破壊してしまったのだ。人間の平衡《へいこう》感覚をつかさどる三半規管を破壊されて、内匠はよろめいたのだが、しかしそれはただ共鳴現象という空気の震動によるといわれても、さらに判断ができなかったであろう。

「つらいなあ」

と、十蔵はつぶやいた。彼の頰には、手裏剣がかすめたあとの血が糸をひいていた。しかし、古坂内匠のからだからは、血はながれてはいなかった。この場合に、十蔵は内匠を峰打ちにしたのである。それはただ血のあとを残さないためだけであった。やがて彼は失神した内匠ともうひとりの伊賀者を抱き合わせて縛りつけ、石をつけて濠《ほり》に沈めた。

そして、漂うように夜の底をあるきはじめた。長局の方へ。——

長局は、大奥御殿向の北方につらなる五棟《むね》から成る大建築で、一棟の廊下の長さが五十余間《けん》、さらにこれと直角に各棟をつなぎ将軍のいる御殿向へわたる出仕廊下があるが、これが全長七十余間あったという。

各棟には、その東西両側に表廊下と縁側がついているが、表廊下の向こうには各部屋ごとに厠《かわや》と湯殿が設けられている。つまり、バス、トイレつきというわけだ。各部屋の入口の柱には、奉書を切って、そこに住む女性の名札がかかげてあった。

この東西の表廊下五十余間と南北の出仕廊下七十余間という数字から概算するのに、この一画だけでも三千五百坪から四千坪ある勘定で、ここに住むのは、もとより女人ばかりだ。

これはずっと後年の幕末の話になるが、御中臈《ごちゅうろう》をつとめた大岡《おおおか》ませ子刀自《とじ》の談話によると、「――長廊下を夜あるくのは淋しゅうございました。ところどころに金網燈籠《かなあみどうろう》がぼんやり明るいだけなのです。煌々《こうこう》と明るいところはなく、どこも薄暗い中を通るのでした」とある。以てその妖気を察するに足るであろう。

その女人国に、忍者六波羅十蔵は入った。

しかも、その一室――お瑠璃《るり》の方の部屋に入った。――彼は、隅《すみ》に絢爛《けんらん》たる裲襠《かいどり》のかけられた屏風《びょうぶ》のかげに坐っていた。

春ふかい深夜である。雪洞《ぼんぼり》には、どこから散りこんだか、二、三片の花びらさえ蛾のようにとまっていた。――その下に、お瑠璃の方は、スヤスヤと眠っていた。むろん将軍の閨《ねや》に侍るときは出仕廊下をわたって御殿向へゆくので、ここに眠るときはただひとりである。

屏風のかげに坐った十蔵の顔に、しかし好奇や好色の翳《かげ》はなかった。眼をとじて、端然として、むしろ厳粛な、凄いような無表情であった。

無表情に――しかし、唇がかすかにうごいている。二枚の唇を横にしずかにすり合わせるようにうごかせているのだ。

数分——十数分——その唇のはしに、粘っこい唾《つば》がにじみ出し、唇がぬれてきた。

ようやく彼の顔に、快感に似た表情がひろがりはじめた。

そして、眠っているお瑠璃の方は、いつか春夢を夢みていたのである。下半身をかすかにかすかに摩擦され、白い汗がにじみ出し、びっしょりとぬれつくし、はては波《は》濤《とう》のようなうねりが眠るお瑠璃の方を蕩揺《とうよう》した。

「——ああ……」

じぶんの小さな声に、彼女は目ざめた。そして頭上に覆いかぶさるようにした何者かから、栗《くり》の花のような匂いのする体臭が吹きつけてくるのを知った。雪洞は消えていた。

しかし彼女は、こんどはさけび声をたてなかった。彼女はじぶんが目ざめたとも意識しなかった。

ただ混沌《こんとん》たる陶酔の中に、身を灼《や》く白い炎にあぶられて、そこにいる「男」に両腕をさしのばし、ぬれつくした二本の雌《め》しべのような両足の中にそれをのみこもうと、かすかに歯ぎしりの音さえもらしていたのである。

——一刻ののち、六波羅十蔵は、蝙蝠《こうもり》みたいに夜の長廊下を歩いていた。一刻のあいだに、頬は削《そ》いだようになっていた。おそらくそれは、たんなる合歓の疲労のゆえばかりでなく、さらに、女人に蒔《ま》いたたねを、かならず芽生えさせてみせるという忍法のための消耗であったろう。

——それでも彼は歩いてゆく。二人目のお敬《けい》の方の部屋へ。

——三人めのお国《くに》の方の部屋から出て、夜明前の長局から北桔橋の方へ逃げてゆく六波羅十蔵の足どりは、彼自身の三半規管が破壊されたようであった。

## 五

十日目の夜、ふたたび六波羅十蔵は北桔橋から江戸城大奥の区画に入った。

彼はまず、ひとりの伊賀者を音もなく背後から襲って、これを絞め殺し、その気配を感づいて、一丈もの距離をひと飛びで飛びすさった菅沼主馬と相対した。

「……六波羅ではないか」

星影もない、どんよりとした雨雲の下で、菅沼主馬はそういった。さすがに愕然《がくぜん》とした声であった。

「十蔵、かようなところにあらわれるとは、気でも狂ったか」

「気は狂わぬ」

闇《やみ》の中で、沈痛に十蔵は答えた。

「内密の御用によって、ここを罷《まか》り通る」

「内密の御用？　十蔵を通せという指示は、おれは受けておらぬ。いかに親友でも、こればかりはゆるせぬ」

「そうであろうな」

「十蔵、御用とはなんだ」

「それは申せぬ」

歎《なげ》くがごとく十蔵はいった。いいながら、彼は胸のまえで両掌《りょうて》を組んだ。

「やはり、おぬしにも死んでもらわねばなるまいなあ。……古坂内匠と同様に」

「なに、内匠を——おぬしが——」

菅沼主馬は息をひいた。

古坂内匠が十日前、江戸城の勤番にいってから四谷の伊賀町に帰ってこないことは主馬も知っていた。しかし、これは伊賀者として珍しいことではない。突然の秘命によって、そのまま遠国へ飛ぶことは、伊賀者の通例であるからだ。

しばらく黙りこんで、凄《すさま》じい眼で十蔵を見すえていた菅沼主馬はやがてうめいた。

「いかなる内密の御用か知らぬが、おれが何もきいておらぬ上は、ここを守るのがおれの役目だ。十蔵、覚悟はよいか？」

六波羅十蔵は寂然《じゃくねん》として、両掌の指を組んでいた。

それはまるで――昔の物語の忍者が九字の印でもむすんでいるような古怪な姿に見えた。さすがの主馬も、左掌の人差指をにぎりしめた十蔵の右掌が、小刻みにそれを上下にすり合わせているのを知らなかった。また見たとしても、それが何を意味するのかわからなかった。

菅沼主馬の腕から、一丈もあるひとすじの鎖がたばしって、相手の影を薙《な》いだ。十蔵はからくもそれをかわした。うなりすぎた鎖は、おどろくべきことに彎曲《わんきょく》しつつ空中で静止し、次の瞬間まるで巨大なぜんまいのようにはねかえって、また十蔵を襲った。十蔵は一間《けん》ちかくも宙におどりあがった。

地上に舞い下りる影をめがけて、夜目にも蒼白《あおじろ》い閃光《せんこう》がはしった。菅沼主馬の鎖はなお手もとにあまっていた。彼は反対側の鎌を投げつけたのである。

が、十蔵の影三尺手前で、突如鎌は小波《さざなみ》のごとく刃影《じんえい》をみだして地におちた。――その刹那、菅沼主馬はふいにじぶんの下腹部に、異様な触感と温感をおぼえたのだ。それは彼の男根をにぎりしめる指そのものの感覚であった。

死闘の中のこの荒唐無稽《こうとうむけい》な現象に彼は狼狽《ろうばい》し、狼狽しつつ、狂気のように鎖を薙ぎまわした。

鎌と分銅《ふんどう》は、機《はた》のように交互にくり出された。本来なら、ただ一撃だ。たとえ敵に心得があって一方からのがれても、のがれた位置に正確に一方が飛び、狂いなくそこに血しぶきがあがるはずであった。

そのはずなのに、六波羅十蔵は蝙蝠《こうもり》みたいに舞って逃げた。相手の体術よりも、主馬はじぶんの眼と腕がみだれているのを意識した。それは下腹部から波のごとくひろがってくる或る快感のゆえであった。

一語ももらさず、十蔵は分銅と鎌に眼を走らせて身をかわしながら、なお指を指でにぎりしめている。それをすり合わせている。その摩擦はいよいよはげしくなっている。――

「――うむ！」

はじめて、十蔵はうめいた。彼自身の快美のうめきであった。この刹那《せつな》、鎌は彼の左肩の肉を一片切りとばした。

しかし、菅沼主馬は棒立ちになった。全身にぶるっと痙攣《けいれん》がはしった。彼は射精し、一瞬の忘我におちた。

六波羅十蔵は組んだ両掌を解いた。疾風のように駈け寄った。そして立ちすくみ、眼をつりあげている菅沼主馬のみぞおちを拳《こぶし》でついた。

主馬は口からタラリと黒い血を吐き、身を釘《くぎ》なりにかがめて大地に崩折れた。

やがて十蔵は、絶命した主馬ともうひとりの伊賀者に石をつけて濠《ほり》に沈め、妖々として長局の方へあるき出した。

この夜の目標は、お溶《よう》の方とお梶《かじ》の方であった。

闇の中に、ぼうと絖《ぬめ》のような女の腹がひかっている。

そこに二本の指がのびて、しずかに這《は》いまわった。徐々に這いながら、十本の指は、時々は釦《ボタン》を押すように、時には鍵盤《けんばん》をかるくたたくように、時には絃《いと》を爪《つま》びくようにうごめいた。その指の叩打《こうだ》と吸着と摩擦は、ほとんど人間のわざとは思われぬほど微妙で且《かつ》深刻であった。

全身の血液はそこにあつまってうすべに色に染まり、また波のように散って蒼白《そうはく》となった。

女がからだをうねらせぬいたのは数十分前のことである。女があえぎ、すすり泣いたのは十数分前のことである。女が数度くりかえして、ゆるやかに痙攣したのは数分前のことである。

女の内部で何かが充血し、何かが肥厚し、何かが海綿《かいめん》状になり、何かが粘液にあふれた。そこにあるのはただ精妙きわまる物理的な刺激に反応する筋肉と血液と分泌腺《ぶんぴつせん》のかたまりだけであった。

「……忍法、肉太鼓……」

恍惚《こうこつ》たるつぶやきが、なまあたたかい夜気に沈んだ。

闇の中に坐り、女のからだを鞣《なめ》し、醱酵《はっこう》させる六波羅十蔵の顔は、実験に熱中する技術者か、製作に没頭する芸術家のように厳粛であった。

# 六

また十日目の夜、みたび六波羅十蔵は、北桔橋から大奥に入った。

夜空に黒ぐろとはねあげられた橋の上まで濠の側から、よじのぼった十蔵は、その下を番人の伊賀者が槍を抱いて通りかかったとき、上から投縄《なげなわ》を投げて頸《くび》にかけ、キリキリと吊《つ》るしあげた。なるべく血をながしたくない配慮からであった。

ほとんど物音をたてないはずであったのに、遠くにいた原助太夫は黒い風みたいに駈けてきた。

「助太夫老」

高い夜空で、ささやくように六波羅十蔵は呼んだ。

「六波羅でござる」

例によって、すすんで名乗ったのは、助太夫に高い声を出させ遠くの木戸や番所からほかの者を呼ばせないためだ。

いうまでもなく、原助太夫は驚愕《きょうがく》した。

「十蔵。……そこにおるのは、死霊《しりょう》か、生霊《いきりょう》か」

思わずそうさけんだのは、たんにそこに現わるべからざる人間が現われたというばかりではない。半月あまりのあいだに、六波羅十蔵が奇怪なほどやつれて、ここ七日ばかりは寝こんでいるときいて、前日助太夫が十蔵を病床に見舞ったばかりだったからだ。

「そのいずれでもござろうか。……」

と、枯橋の上の声はいった。

「生霊か、死霊か。助太夫老、ちかくに寄って、よく御覧なされ」

原助太夫は五、六歩あゆみ寄って、そこで足をとめた。

高く吊りあげられた橋の上で、六波羅十蔵は仁王《におう》立ちになっている。両手を股《また》のあたりにあて、一見何も持っていない様子だ。いや――彼は何かを持っている。春の夜の闇《やみ》に、助太夫はそれが彼の男根であるのをみとめた。それはまるで放尿でもしそうな姿であった。

「やはり、気が狂っておるのか、十蔵」

また二、三歩寄って、助太夫はピタと立ちどまった。橋までなお三間《げん》以上もの距離があったが、空から吹きつけてくるそくそくたる殺気を彼は感じたのだ。

「……きこえた」

と、空の声がつぶやいた。何がきこえたのか？

いまだ曾《かつ》て恐怖というものをおぼえたことのない老練の伊賀者原助太夫であったのに、このとき彼は何とも形容のできない恐怖をおぼえた。ふしぎなことに、それは六波羅十蔵に対してではなく、じぶんのからだの内部からくる不安であった。

助太夫はそれまで経験したことはないが、それは発作性心臓急搏《きゅうはく》にかかった病人に似ていた。それは苦痛というより名状しがたい不安の感覚だ――その不安を、もとより助太夫は空の六波羅十蔵への敵意に染めかえた。

「怪しき奴、十蔵。――ひっとらえてくれる」

手が口にあがると、その口から、銀の雨のようなものが大空に噴出した。扇状にたばしりひろがったのは、麻薬をぬった無数の吹針であった。

それは充分助太夫の射程内にあったのに、からくも十蔵の足に四、五本つき刺さったばかりで、あとはむなしく地上にふりそそいだ。

原助太夫は、不意に異様なうめきをあげ、胸をおさえた。彼は心臓がふくれあがり、次にぎゅっとしめつけられ、ひき裂けたような苦痛にうたれたのである。次の瞬間、彼は地ひびきをたてて顚倒《てんとう》していた。

橋の上から銀の雨はふりそそいでいる。

――ただし、ひとすじの。

六波羅十蔵は、高だかと放尿していた。

いったい何が起ったのか。——十蔵は、三間以上もの距離をおいて、原助太夫の心臓をとめたのである。

彼が、きこえた、といったのは、助太夫の鼓動の音であった。それをきくや、彼はおのれの鼓動を合わせはじめた。じぶんの心臓とではない。膀胱《ぼうこう》とである。六波羅十蔵は体内の不随意筋をも、随意筋のごとくうごかすことのできる術を体得した。それでじぶんの膀胱を鼓動させた。その鼓動によって、原助太夫の心臓に一種の共鳴現象をひき起したのである。助太夫をとらえたのは、それからひき起された不整脈、或いは心臓急搏の不安感であった。そして十蔵が膀胱をしぼって放尿すると同時に、助太夫の心臓も眼に見えぬ何者かの手に鷲《わし》づかみにされたように挟扼《きょうやく》され、彼は即死したのだ。

しかし、十蔵は、放尿をおえると橋からまろびおちた。足につき刺さった吹針の麻薬にからだをしびれさせられたのである。

さすがに猫のごとく回転して大地に降り立とうとしたが、麻痺《まひ》のために姿勢がくずれて、彼は地上にころがった。

数分後、十蔵は立ちあがったが、かすかにちんばをひいていた。

ちんばをひきつつ、彼は歩き出した。長局の奥ふかく、お泰《やす》の方と、お宮《みや》の方の部屋へ。

　忍法肉太鼓。

　音叉《おんさ》を二本置き、一方だけを振動させると、他の一方も、一指をも触れないのにやがて振動してかすかに鳴りはじめる。——

　六波羅十蔵の編み出した忍法は、音波にはかぎらないが、一種の共鳴現象にもとづくものといえた。彼はそれを原型として、さまざまの変法を工夫した。人間には電流もながれているから、知らずしてそれを利用していたかも知れない。或いは心理的に催眠術にひとしい域に達しているものもあったかも知れない。

　彼が女体に対して、蒔いた種は十中六、七までは芽ぶかせて見せると確信したのもその一つで、彼は女性の子宮やそれに附属する器官を、最も妊娠しやすい状態に変化させるのだ。

　女は月経によって、子宮粘膜の大部分を剝離《はくり》排出させる。五、六日にして、その損傷した組織は再生現象をつづけ修覆が完成される。それから半月ばかりのあいだに、しだいに粘膜は肥厚し、充血し、腺管《せんかん》は多量の粘液脂肪にみたされ、この充血と分泌がきわまってふたたび次の月経をひき起すのだが、妊卵がいちばん着牀《ちゃくしょう》しやすいのは、このあいだの或る期間——正確にいえば、予定月経前第十二乃至《ないし》十九日までの八日間がもっとも適当であるという。

六波羅十蔵は、女身の腹部を叩打《こうだ》し、糅《なめ》すことによって、内部の子宮や卵巣を、その期間の状態に変えるのであった。

――それから一ト月《ひ》を経て、ふたたび深夜の御用部屋に呼び出された六波羅十蔵は、大老酒井雅楽頭から、上様御愛妾《ごあいしょう》のうち、お瑠璃の方、お国の方、お梶の方、お宮の方の四人が懐胎なされたようであると知らされた。

「……まことに以《もっ》てめでたきことじゃ」

と、雅楽頭は、やせおとろえた十蔵を、じっと見すえていった。

「さすがは権現《ごんげん》さまのおん血をひきたまう上様の御気力、御病体とはいえ、常人では思いも及ばぬ」

七

延宝《えんぽう》八年五月八日午後六時、四代将軍家綱はこの世を去った。

そして、改めて徳川家の相続問題が重大化した。

大老酒井雅楽頭の意見はこうであった。上様のおん胤《たね》は目下四人の御愛妾の御胎内におわす。もしこの中に御男子あって御出生あそばせば、当然このお方が五代さまたるべきである。ただ御出産までにはまだ若干《じゃっかん》の時がある。このあいだ将軍家がおわさぬということは一大事であるから、暫定的手段として、京から有栖川宮幸仁《ありすがわのみやゆきひと》親王を仰いで五代さまとしたい。しかるのち、若君御出生相成り次第、天下を譲《ゆず》らせ給えば御家御安泰と存ずるがいかに、というのであった。

下馬将軍といわれる大老の言葉である。稲葉美濃守《みののかみ》、大久保加賀守《かがのかみ》、土井能登守《のとのかみ》ら老中はみなこれに服した。酒井雅楽頭としては、これは計算ずみのことであり、すべてこれで決着するものとかんがえていたであろう。

ところがここに、敢然と異論をとなえた者がある。やはり老中のひとりで、春日《かすがの》局《つぼね》の孫で強直無比ときこえた堀田筑前守正俊《ほったちくぜんのかみまさとし》であった。

「お言葉ではござるが、徳川家には正しき御血脈がござる。厳有院《げんゆういん》さま（家綱）には、館林中納言さまと申される弟君がござる。これほどれっきとしたお世継ぎがおわすに、なんの必要があってわざわざ京から無縁のお方をお呼び奉るのか。拙者、断じて承服はなりませぬ」

この抵抗は、雅楽頭の面《おもて》をそむけさせるほど猛烈で、且頑強《かつがんきょう》なものであった。大老はついに沈黙し、にがりきって退出した。

酒井雅楽頭としては、一応これをききながし、あらためて懐柔策に出るつもりであったのであろうが、彼が退出したあと、堀田筑前守の運動は疾風迅雷《じんらい》、一夜のうちに他の閣僚を説服し、水戸光圀《みとみつくに》にわたりをつけ、ついに館林中納言を五代将軍たらしめるという事実を作りあげることに成功してしまったのだ。

酒井雅楽頭にとっては瞳をぬかれたような大意外事で、一朝明けて愕然《がくぜん》としたときはもう遅かった。

待つや久し、とばかり、在府していた綱吉はその夜のうちに江戸城二の丸に入り、いったん下城したが、翌日にはまったく新将軍たる威厳を以て本丸に乗り込んだ。

――すべては、事志とちがった。

酒井雅楽頭が大老を免ぜられたのは、その年の十二月である。彼は下馬先の上屋敷をひきはらい、無紋の行列で巣鴨《すがも》の下屋敷へひきこもったが、それから半年後に死んだ。自殺したという説もある。

綱吉は、大目付《おおめつけ》彦坂九兵衛《ひこさかきゅうべえ》、御目付北条新蔵《ほうじょうしんぞう》に、いそぎ酒井の屋敷におもむき検死してこいと命じた。自殺ならば、酒井家断絶である。このとき雅楽頭の婿である藤堂《とうどう》高久《たかひさ》が検死役に応接し、忠清は病死に相違はござらぬ、死骸《しがい》の検分には及ばない。一切の責任は拙者がとるでござろうといった。その決死の形相《ぎょうそう》におされて、彦坂と北条はそのままひきとって、綱吉に報告した。綱吉は顔色を変じ、なんじらはなんのために検死に参ったのか、是非とも死骸を見とどけてこいと声をはげました。そこで両人はふたたび巣鴨へ走ったが、そのときは葬送の柩《ひつぎ》がすでに門を出るところであった。

やむなく帰城してその旨を復命すると、綱吉は、しからばその墓にゆき、死骸を掘り出し、踏みくだいてこいと命じた。両人が三たび馬を駆《か》って寺に走ると、すでに火葬に附したあとであったから、嘆息して帰ったという。

以て綱吉の雅楽頭に対するにくしみを察するに足る。

綱吉が雅楽頭をにくんだのは、京より傀儡《かいらい》の将軍を迎え、また将来生まれるべき幼君を擁《よう》しておのれの野心をほしいままにしようとしたという名目であったが、その名目もさることながら、それにいたるまでの雅楽頭のじぶんに対する仕打ちに腹がすえかねたのだ。

で、雅楽頭が大老をやめたのはその年の十二月であったが、両者の衝突は、綱吉が江戸城に入るや否や開始されたことはいうまでもない。

雅楽頭が登城して挨拶《あいさつ》しても、綱吉は何の言葉もかけず、ややあっていきなり、肩衣《かたぎぬ》をとれ、と叱咤《しった》したことがあるという。

これに対して雅楽頭も、それに相当した反応を見せた。酒井の家には、権現さまの仰せおかれた御軍法その他の御書付があるというが、それを見せいと綱吉がいった。そのとき雅楽頭は、右の御書付は何びとにも見せるなという権現さまの御禁制がござりますから、たとえ上意でござりましょうと、さしあげることはなりませぬ、と答えた。それは余人のことだ。天下の主《あるじ》たる余には苦しゅうはあるまい、と綱吉はいったが、雅楽頭はにべもなく断った。そして一子を呼んで、右の書付をわたし、何びとが参っても渡すことは相ならぬ、その咎《とが》により切腹を命ぜられるならば、右の御書付を燃やし、灰をのんで腹中に納めてから切腹せよ、といった。——こうなると、売言葉に買言葉というより、自暴自棄である。

そもそも、綱吉が城に入ってまもなく——それまでは、盃《さかずき》をとらせるにもまず雅楽頭が筆頭という先規であったのに、たちまち堀田、稲葉、大久保、土井、そして酒井という順序に変えられて、大老の面目いずこにありや、と怫然《ふつぜん》とした雅楽頭は、ほとんど登城しなくなってしまったのである。

御用部屋には、代りの人間が入った。堀田筑前守正俊であった。堀田正俊が正式に大老の職についたのは、翌天和《てんな》元年十一月のことであるが、しかし実質的には、将軍交替と同時に大老も交替したといっていい。

## 八

六波羅十蔵が御用部屋に呼ばれたのは、六月末の或る深夜のことであった。

「伊賀者六波羅十蔵と申すか」

と、堀田筑前守はいった。十蔵は平蜘蛛《ひらぐも》のごとくひれ伏した。

「近う寄れ」

筑前守はうなずいたが、平伏した十蔵はしばらく身うごきもできなかった。

当然である。この堀田正俊はおのれの出世のために酒井忠清を葬り去ったのではない。酒井に邪心があり、じぶんこそ正論の士だと信じて、あの一種のクーデターを敢行したので、綱吉が主となってからも、おのれの功にほこることはなかったが、また阿諛《あゆ》もしなかった。酒井に対したごとく堂々と綱吉に諫言《かんげん》し、ついには大天狗《てんぐ》たる綱吉に煙《けむ》たがられるほどになった人物であった。このとし四十七歳、その男ざかりの剛直な相貌《そうぼう》には、一目見ただけで圧倒されるような精悍《せいかん》さすらある。

曾《かつ》て彼は「勧忠書《かんちゅうしょ》」なる一書をかいたことがある。中に曰《いわ》く、

「およそ君に仕える者は、みな禄《ろく》を重んじ、恩に感じて奉公以て勤《つと》むる者多し。真忠というべからず。このゆえに或いは命《めい》に違《たが》い、怒りを犯し、しりぞけられ、うとんぜらるればすなわち恨みを生ず。豈《あに》忠を致すの誠といわんや。ただ純一君を愛するの心を以て、而《しか》してこれに勤めて可なり」

以て、その忠臣ぶりを知るべきである。

「十蔵、近う寄れ」

筑前守はもういちど、こんどは強くいったが、眼は机の上の書類にそそがれたままであった。

眼をあげた。筑前がいままで見ていたのは、伊賀者の名簿らしかった。

「内密の御用を申しつける」

「はっ」

「いうまでもないが、十蔵、これは大秘事じゃ」

「心得ております」

「また御用を承った上は、いかようなことがあっても辞退はならぬ」

「覚悟のうえでござりまする――」

ようやく十蔵はおのれをとりもどした。ひそかな恐怖はあったが、外見は彼らしく従容《しょうよう》たる態度を見せていた。

「拙者、いのちをかけて、どのような遠国へでも」

「遠国ではない」

と、筑前はいった。

「比丘尼《びくに》屋敷じゃ」

「――は？」

「そちは、桜田の御用屋敷に忍び込めるか？」

さすがの六波羅十蔵も、息をのんだまま、言葉も出なかった。比丘尼屋敷、いかにもそれは遠国ではない。この江戸城桜田門の前にあるが、これはふつうの人間の立ち入るべき場所ではないことはいうまでもない。前将軍の御愛妾《ごあいしょう》のおすまいである。しかし十蔵は、その目的の場所の名より、そこへ御用を申しつけるという筑前守の心事を疑った。正直なところ、この御老中は狂気なされたのではないかと思ったのである。

しゃっくりのようにいった。

「桜田の御用屋敷へ……いかなる御用で」

「そちの忍法届出《とどけいで》には、およそ身籠《みご》りたる女人は、まちがいなくその懐胎を水にするとある」

「いかにも左様《さよう》に届けてござります。しかし御老中さま、ま、まさか……その忍法を御用屋敷に使えと仰せなさるのでは」

「御用屋敷には、ただいま御懐妊の前御中臈《ごちゅうろう》が四人おわす」

筑前はいった。

「その四人のお方の御懐胎を水になし参らせたいのじゃ」

両腕をつき、筑前守を見あげたまま、六波羅十蔵は満面蒼白《そうはく》になっていた。まさに天魔の命令としか、譬《たと》えようがない。その驚倒すべき命令の意味を、

「きけ、十蔵」

と、筑前は息もみださず、じゅんじゅんと説くがごとくにいう。

「そちも知るように、上様にはすでに徳松《とくまつ》さまと申す若君がおわす。しかるにここに

御先代厳有院さまの若君がおひとり、おふたり……事によっては四人も御出生あそばして見よ、六代さまはどなたさまであるべきか。そのことを酒井大老も仰せられたのじゃが、大老の申さるることにも一理はある。また左様なことにはかならず一言あ水戸光圀卿と申すお方もある。当上様は、もとより徳松君《ぎみ》がお世継ぎとおなりあそばすことを望んでおわそう。……かくて諸議諸説ふんぷんとして、或いは将来天下大乱のもとと相成らぬとは断じがたい」

「………—」

「もったいなきことながら、御用屋敷におわす四人のおん方のおん胤《たね》は、いまひそかに水となし参らせた方が、徳川家のためじゃ」

——堀田筑前守のいうことはわかったが、わかればいよいよ全身に震慄《しんりつ》を禁じ得ないたくらみであった。

そして、筑前守のたくらみとはべつに、或る感情から、十蔵の頭はしびれ、混乱し、ひたいからはあぶら汗がしたたった。

桜田の御用屋敷に暮す四人の御愛妾がもし御出産なされたら、それは十中八九までじぶんの子である。それについての恐怖はあれ以来夢魔のように彼をおびやかしていたが、いざそれを流せといわれると、彼の全身には何とも名状しがたい虚《むな》しさがひろがった。それは精魂《せいこん》をこめて作りあげたものを、みずからの手でまた無にかえしてしまうという悲哀感であった。

蒼《あお》ざめている十蔵をきっと見て、のしかかるように、

「天下のためだ！」

と、筑前守はいった。

## 九

将軍が死ぬと、その側室たちは、それぞれ御位牌《おいはい》を頂戴《ちょうだい》し、桜田の御用屋敷に入れられる。

むろん、終世上臈《じょうろう》年寄格の地位と御遺金《おのこしがね》を賜わるのだが、決して実家《さと》にかえるとか、いわんや再婚するとかなどということはゆるされず、まるで黄金の格子《こうし》にかこまれた鳥のような一生を終えなければならぬ。世人呼んで、比丘尼屋敷というのもむべなるかなである。

その黄金の格子を通りぬけて、忍者六波羅十蔵は忍びこんだ。お瑠璃の方の部屋であった。

彼は隅《すみ》の絢爛《けんらん》たる裲襠《かいどり》のかけられた屛風《びょうぶ》のかげに坐った。

しとしとと雨のふる六月の深夜である。――雪洞《ぼんぼり》も雨にけぶっているような灯の中

に、お瑠璃の方はスヤスヤと眠っていた。

屛風のかげに坐った十蔵は眼をとじて、端然として――しかし、どこか悲哀の翳《かげ》があった。それは二、三か月前の悪戦苦闘の疲労がまだぬけきれないせいでもあった。実際彼は、あの大事をなしとげて以来、ずっと床についていて、妻のお路といちども合歓のことを行う気力をすら喪《うしな》っていたのである。

彼は腹をふくらませた。またくぼませた。胃はしだいに西洋梨《なし》みたいな――子宮のかたちに変った。それを律動《りつどう》させることにより、懐胎した女人の子宮に陣痛を起し、一指もふれずに流産させるのが、彼の編み出した忍法「肉太鼓」の一つであった。

「……来ましたね」

声がきこえた。

「見なくてもわかります。匂いでわかります。比丘尼屋敷に男がひとりでも入ってきたらわかります。いいえ、匂いがなくてもわかります。あのときの男ですね」

お瑠璃の方は眼をとじていった。――十蔵は息をのみ、肉太鼓を打つのを忘れてしまった。

「あれ以来、わたしはおまえを忘れはせぬ。生まれてはじめて知ったあの法悦を忘れてなろうか。……おまえはきっとくる、もういちどきっとわたしのところへやってくる。わたしはそう信じていままで待っていたのです」

お瑠璃の方は夢みるようにいった。

「なぜなら、ここにおまえの子供が生きていますもの。おいで、来て、わたしのおなかにさわって見ておくれ」

彼女は白い腕をのばしてさしまねいた。

さしまねかれたゆえではなく、十蔵は判断力を失い、見えない糸にひかれるように這《は》い出した。うめくようにいった。

「御存じでございましたか」

「おまえがだれか、わたしは知らぬ。おぼろげながら、その素性も目的もわからないでもないが、わかりとうはない。知らずともよい。ただわたしは、おまえという男が来てくれさえすればよい」

お瑠璃の方は、はじめて眼を見ひらいた。これも雨にけぶるような眼であった。

六波羅十蔵はがばとひれ伏した。

「恐れ入ってござりまする」

それから、悲痛な声でいった。

「ふたたび拙者参上仕りましたは……よんどころなき儀にて、おん胤《たね》を水になし参らせんがためでござる」

「よんどころない儀とはえ？」

「天下のためでござる！」

お瑠璃の方の唇に、淡い微笑が浮かんだ。そしてつぶやいた。

「いやです。わたしはおまえの子供を生みたい」

十蔵は愕然《がくぜん》として顔をあげた。しばらく口をあけて、重病人みたいに息をはいていたが、

「それはなりませぬ。もし若君御出生あそばさば……かえって、若君のおんためにも、あなたさまのおんためにも、おんわずらいのもとに相成りましょう」

うわごとのようにくりかえした。

「徳川家のためでござる。……徳川家のためでござる。……」

「わかりました」

と、お瑠璃の方はうなずいた。

「おまえのいうことをききましょう。けれど、いまはいや、今夜はいやなのです」

「――では、いつ？」

「わたしが、いいという日まで」

白い手がのびて、十蔵の袖をつかんでいるのを知らず、しずかにひかれただけなのに、放心状態の彼は、がくんと前にのめった。おちてきた彼の顔を、女の顔が受けた。

「おまえ、いつかのような目に合わせておくれ。そうでないと、わたしはいつまでも、

おまえのいうことはきかぬぞえ、噺《のう》、忍者」

十蔵は完全にうちのめされた。

十蔵は蛇のような女体に巻かれてしまった。

いつかのように受身のお瑠璃の方とは別の女人のようであった。彼は下半身を摩擦され、汗がにじみ出し、びっしょりとぬれつくし、はては波濤《はとう》のようなうねりの中に蕩揺《とうよう》した。彼の内部で何かが充血し、何かが肥厚し、何かが海綿状になり、何かが粘液にあふれた。そこにあるのは、ただ精妙きわまる物理的な刺戟に反応する筋肉と粘膜と血液の分泌腺《ぶんぴつせん》があるだけであった。

――一刻ののち、六波羅十蔵は、蝙蝠《こうもり》みたいに夜の長廊下を歩いていた。一刻のあいだに、彼は糸のようにおとろえはてていた。

それでも彼は歩いてゆく。二人目のお国の方の部屋へ。

そっくり同じ運命が、そこで彼を待っていた。

三人目のお梶の方、四人目のお宮の方の部屋を訪れ、ようやく解放されて、夜明前の桜田の御用屋敷を逃げてゆく六波羅十蔵は、三半規管どころか、全身の神経系統が破壊されたようであった。

それでも彼は、その翌夜、また御用屋敷にやって来た。じぶんの願いをきいてもらうためには、彼女たちの願いをきいてやらなければならなかった。

三日目も、四日目も。――いや、十日目も、十五日目も。

伊賀者の受けた御用の秘命は、死すとも果たさねばならぬ。

歯をくいしばってうめきつつ、夜の比丘尼屋敷を這いまわる忍者六波羅十蔵の姿は、すでに生きながら亡者《もうじゃ》であった。

四人の御愛妾がようやく流産してくれたのは、一ト月《ひ》ののちである。

三日後に、六波羅十蔵も死んだ。四谷の組屋敷でいつのまにか冷たくなって、枯葉のように死んでいるのを、朝になって女房のお路が発見したのである。

子がなかったので、六波羅家は断絶となった。

# 立つ鳥

諸田玲子

諸田《もろた》玲子《れいこ》（一九五四〜）

静岡県生まれ。上智大学卒。外資系企業勤務の後、翻訳、作家活動に入り、一九九六年『眩惑』で小説家デビュー。斬新な股旅物『からくり乱れ蝶』『笠雲』、捕物帳『あくじゃれ瓢六捕物帖』、幕府の密偵を務める一家の人間模様を描く『お鳥見女房』、戦国、幕末を生きた女性たちに着目した歴史小説『美女いくさ』『お順　勝海舟の妹と五人の男』、平安もの『王朝小遊記』など多彩な作品を発表。『其の一日』で吉川英治文学新人賞、『奸婦にあらず』で新田次郎文学賞、『四十八人目の忠臣』で歴史時代作家クラブ賞、『今ひとたびの、和泉式部』で親鸞賞を受賞している。

一

暁光は白々しい。

わずかなよどみさえ、認めがたし、と言わんばかりの潔癖さである。

「くそっ、勘解由《かげゆ》め」

彦次郎《ひこじろう》は、障子から梳《す》きこぼれて桟にたまった光を睨《にら》みつけた。

昨夜も眠りが浅かった。ここ数ヵ月、不眠がつづいている。お陰で日中は頭が重く、体がだるい。生あくびもひっきりなしだ。

仰臥《ぎょうが》したまま脱力感に身をゆだねた。

できることならこのまま寝床に貼りついていたかった。が、生まれついての勤勉さが怠慢を許さなかった。

上半身を起こしたとき、隣室で人の気配がした。

宿直《とのい》の家来はとうに目覚めているはずだ。主《あるじ》から声がかかるのを待っている。主の心痛を推し量り、つかの間の安らぎを妨げぬようにと気遣っているのだろう。

わざと身じろぎをする。声はかけない。

ためらう気配があったのちに、咳払いが聞こえた。

「お目覚めにござりましょうか」

家老の稲葉市右衛門《いなばいちえもん》である。

「おぬしか。左馬之助《さまのすけ》はいかがした」

大木《おおき》左馬之助は近習の一人で、昨夜の宿直である。

「蔵におりまする」

言いながら、市右衛門はそろそろと襖《ふすま》を開けた。彦次郎より五つ六つ年長だから、もう老人といっていい歳である。忠義一途の融通のきかなさそうな顔で、市右衛門は「おはようござりまする」と律儀に挨拶をした。

「なにをしておるのだ」

「今朝方、中間者《ちゅうげんもの》が蔵へ忍び入り、金品を持ち出そうといたしました」

「盗人か」

「屁理屈をこねておりますが、ま、相違はござりませぬ」

「屁理屈？」

「暇をもらいたいと申し出たところ、給金は払わぬと言われた。それゆえ働いた分をもらってゆくのだ、と益体《やくたい》もないことを申しております」

彦次郎は渋面を作った。

行きがけの駄賃に蔵荒らしをしようという不逞《ふてい》な輩《やから》ははじめてだが、退職を願い出た者はこれが最初ではなかった。中間は渡り徒《かち》とも言い、年季奉公である。屋敷を渡り歩いているだけに世情の変化に聡《さと》い。先行き見込みなし、と思えば、いち早く見切りをつける。

去る者は追わず。平然と聞き流したいのはやまやまだが、これでまた屋敷内に動揺が広がるかと思うと、のんびり構えてもいられなかった。

「彼の者、いかがいたしましょうや」

「あとで会うてみよう」

いま蔵へ出向けば、腹立ちまぎれに斬り捨ててしまいそうである。平時ならそれもよいがこの有事、騒ぎはできるだけ小さく抑えたい。

「盗人の一件を知らせるために、おぬしは漫然と、わしが起きるのを待っておったのか」

彦次郎は家老に目を向けた。自分でも驚くほど小意地の悪い言い方である。

忠義の臣は、主の嫌味をさらりと受け流した。

「掃部頭《かもんのかみ》さまよりお目通りくださる由、ご返答がございました。未《ひつじ》の刻（午後二時）に参られたし、とのことにござります」

「おう、そうか」

彦次郎はわずかに眉を開いた。

将軍はこのところ体調がすぐれず、引きこもりがちである。窮地に立たされている彦次郎を庇《かば》いきる力は、もはやなさそうだった。となると、あと頼りになるのは、大老として幕閣に睨みをきかせている井伊《いい》掃部頭直該《なおもり》である。

事態は切迫している。嘆願したところで、どれほどの利があるか。

掃部頭は人物だった。人物は賄賂では転ばない。頭を低くしてひたすら泣きつくより手はないが、なにが苦手といって、他人に媚びへつらうほど苦手なことはなかった。

しかしまあ……と、彦次郎はともすれば自棄《やけ》になりかける心をなだめた。大老が直々に会おうと言ってくれたのだ。ここはひとつ、家臣郎党や家人のために為しがたきを為すしかあるまい。

「こうしてはおれぬ。伊八に湯浴《ゆあ》みの仕度をさせよ」

秋だというのに、脇の下にじとりと寝汗をかいていた。

充血した目を向ける。

市右衛門は当惑したように目を伏せた。

「伊八郎めは、昨日、使いに出たまま戻りませせぬ」

「なんと？」

「あ、いや。湯浴みでしたら吉蔵《きちぞう》に申しつけまする」

「吉蔵？　老爺は腰を痛めたと聞いたが……」

「この大事に寝込んではおれぬと申して、立ち働いております」

さすがは古参の下僕である。だが、腰痛の老僕が立ち働かなければならぬほど取り込んでいるということは、屋敷中が浮き足だっていることに他ならない。

軒先に吊した瓢簞《ひょうたん》のように、焦燥と苛立《いらだ》ちが行きつ戻りつしていた。これから先はこんなものでは済むまい。いやと言うほど翻弄され、歯嚙みをする思いを味わわされるはず。中間や下僕ごときに怒るのは労力の無駄遣いというものだ。

彦次郎はいらいらと首筋を搔いた。

話は済んだはずだが、市右衛門はまだその場に畏《かしこ》まっている。

「他になんぞあるのか」

「香也子《かやこ》さまが、殿にご挨拶をと、先ほどからお待ちにござります」

一瞬、重苦しい沈黙が流れた。

彦次郎は吐息をもらした。

「里邸《さとやしき》は目と鼻の先だ。急ぐことはあるまい。待たせておけ」

妾《めかけ》に里へ帰ってはどうかと持ちかけたのは数日前である。危急の事態が起こったとき女たちに騒がれては厄介だと判断したのだが、それにしても、こんなにもあっさりと去ってゆくとは思わなかった。昨日の幾代《いくよ》につづいて香也子までが……。

これまで安穏な暮らしをさせてやった。里方も引き立ててやった。

大事なればこそ、殿さまのおそばを離れとうございませぬ――。

嘘でもそのくらいのことが言えぬものか。

不穏な気配を感じ取ったのだろう。

「ただいま、朝餉《あさげ》をお持ちいたします」

主の顔をまともに見ないように、市右衛門は膝ずさりして襖を閉めた。

彦次郎は腹立ちまぎれに衾《ふすま》を払いのける。

光があふれ、敷居際までこぼれていた。畳の縁をかがった金糸・銀糸が、悪賢のきらめきのように空々しい輝きを放っている。

苦いものがこみ上げ、彦次郎はひくりと喉仏を上下させた。

二

朝餉を済ませ、湯浴みをして身支度をととのえたのちに、彦次郎は妾の待つ奥御殿へ出向いた。

三千七百石の旗本屋敷は表と奥の区別がある。台所や湯屋も別あつらえだが、といって堅苦しい決まりはなかった。行き来は自由である。

客間として使用している取っつきの小部屋へ入ってゆくと、香也子は郎党の一人と熱心に話し込んでいた。

日頃とりすました女の顔が、今日にかぎってほんのり上気している。彦次郎は眉をひそめた。郎党の名は安田新兵衛《やすだしんべえ》。若く、男ぶりもいい。

もしや、女を里へ送り届け、そのまま戻らぬつもりではあるまいか。

突拍子のない妄想がわくのも、心身が消耗しているせいかもしれない。

彦次郎を見ると、二人は驚いて話をやめた。前触れもなし、伴も連れずに主があらわれるとは思いもしなかったのだろう。神妙な顔で畳に両手をつく。

「里へ帰るそうな」

彦次郎は内なる苛立ちを押し隠して、穏やかに切り出した。

「体をいとえ。秀子《ひでこ》も嘉子《よしこ》も息災にの」

香也子の背後で、乳母が乳飲み子の嘉子を抱いている。五つになる姉娘の秀子は行儀よく膝をそろえ、頑是《がんぜ》ないまなざしで父を見上げていた。

ふと手招きをしてみようかと思った。膝にのせ、頭を撫でてやりたい気もしたが、幼い顔に怯《おび》えの色をみとめて断念した。

秀子が生まれた頃、彦次郎は多忙で、連日のように城へ詰めていた。そのあと前将軍の死去があり、新将軍の就任があり、日々追いまくられた。娘が父親になつかないのも無理はなかった。

それ以上、主が声をかけようとしないので、香也子は娘に合図をした。

「父さまにご挨拶をなされませ」

「父さま。ごきげんよう」

教え込まれてきたのだろう。秀子はたどたどしく別れの挨拶を述べた。

「ようできた。それでこそわしの娘じゃ」

褒めてやりながら、彦次郎の胸は寒々としている。

もしこのまま二度と会えぬようなことになれば、この娘は、父の思い出など跡形もなく消し去ってしまうに違いない。

視線を戻した。香也子がこれも淡々としたまなざしで主を見つめている。

「よいの、こたびのことはそなたの父母を見舞うための里帰りだ。余計なことは申すな。下手な詮索はされとうない」

「承知いたしております」

「一段落したら迎えをやる」

「お待ち申し上げております」

香也子の口調はそっけなく、迎えを期待しているようには聞こえなかった。

自業自得だと、彦次郎は苦笑した。

妾を持ったのは勘定奉行に昇進したあとだから、十二、三年前になる。側室を屋敷へ置くようになったのは、千坪余りもある役宅を拝領したのち、そう、七、八年前か。当時は得意の絶頂だった。将軍家の覚えめでたく、献策は次々に実施され、断る暇もないほど各所から金品が届けられた。香也子も、昨日去って行った幾代も、贅沢だけはし放題だったのである。

だが、二人の妾に、彦次郎はさほどの関心を払わなかった。酒席にはべらせ、あわただしく肌を合わせる以外に、心うちとけて語り合ったことなど一度としてなかった。

「行け。親御によろしゅう伝えよ」

話はもうなかった。

追い立てるように言うと、香也子もほっとした顔で両手をついた。

「お体、くれぐれもお大切に」

幼い娘たち、乳母、侍女、郎党を従え、退出する。

香也子は最後に彦次郎の目を見ることさえしなかった。それは、女に金品以外のものを与えようとしなかった男への、恨みであるようにも思えた。

陽射しは少しずつ色を加えている。

すぐに腰を上げる気になれず、彦次郎はひとり、秋の陽を眺めた。

# 三

大木左馬之助は蔵にいた。

地べたに尻を落として、鬱然とうなだれている。大柄で筋骨隆々としているくせに、脇の柱に繫がれている痩《や》せ鼬《いたち》のような盗人より、よほど貧弱に見えた。

そうか、こいつは心底、主家の災禍を憂えておるのか。

左馬之助は二十をひとつふたつ出た若者だが、気骨がある。忠義も篤《あつ》い。それを見込んで近習《きんじゅ》に取り立てた。世人は自分を金しか頭にない男だと誤解しているようだが、人を見る目もなくはないのだ。

人は城、人は石垣、人は堀。

彦次郎の曾祖父は武田の遺臣だった。信玄の格言は子供の頃から叩き込まれている。

「盗人とはこやつか」

声をかけると、左馬之助ははっと顔を上げ、あわてて平伏した。

「恩を仇で返さんとする不埒《ふらち》な奴にござります」

痩せ鼬は鼻を鳴らした。左右いびつな目で彦次郎を見上げる。

「へ、恩とは聞いてあきれらあ。払うもんも払わず、厄介払いしようってんだ。となりゃあ、給金分くらい、いただいてゆくしかなかろうが」

「殿に向かってなんという口の……」

「まあ、待て」

逆上する左馬之助を、彦次郎はなだめた。不思議なことに腹は立たない。

ここ数ヵ月、屋敷内でも城内でも、嫌疑のまなざしと陰口、冷笑にさらされてきた。勘解由が勝つか、彦次郎が逃げ切るか、だれもが固唾《かたず》を呑んで見守っている。それでいて、面と向かってなじる者はいない。

石を投げつけられたほうがどれだけましか。

盗人には、少なくとも居直るだけの覇気があった。

「賄《まかな》い頭に、給金を払わぬと言われたか」

中間者は押し黙っている。

「しかしおぬしにも非はある。雇い入れる際、いついつまでと約定を交わしたはずじゃ。突然、辞めると言われたゆえ、賄い頭も腹を立てたのではないか」

主の言葉を聞くと、中間者は居住まいを正した。

「あっしだって、なにも急に辞めたかあないんだ」

半ば挑むような、半ば探るような、鋭い視線を向けてくる。

「けどしかたがねえ。はばかりながら言わせてもらうが、この家はもう終《しま》いだ、今日明日にも明け渡しになる、罪人の屋敷に雇われてたってのも人聞きが悪い。早いとこやめちまえと勧める奴がいるんだ」

絶句している主に代わって、左馬之助は肩を怒らせた。

「どこから聞いたか知らぬが、でたらめだ」

「世間じゃあ言ってるぜ。お奉行さまは粗悪な金銀作って私腹を肥やした。とんだ大悪党だ。このままで済むはずがねえと」

「うぬ。言わせておけばこやつ」

左馬之助は刀の柄《つか》に手をかけた。

「やめよ」

彦次郎は左馬之助を制した。腸《はらわた》は煮えくり返っていたが、それは、目の前にいる盗人への怒りではなかった。このときとばかり足を引っぱろうとする勘解由への、都合のよいときだけ持ち上げ、己の利に適《かな》わぬとなれば容赦なくこきおろそうとする世間への、いや、もっと言うなら、まんまと乗せられ、驕《おご》り高ぶっていた自分自身への怒りである。

「解いてやれ」

「こやつを、でございまするか」

「賄い頭のもとへ連れて行き、給金を渡して叩き出すのだ」

「しかし、こやつは……」

「言うな。行け」

左馬之助も中間者も唖然《あぜん》としたようだった。左馬之助は縄を解き、中間者を追い立てて去ってゆく。

彦次郎は出てゆく二人を見送ろうとはしなかった。薄暗い蔵の内部に足を踏み入れ、目を凝らしてあたりを見渡す。

明かり取りの窓から薄陽が差し込んでいた。あえかな光である。

長年、心血を注いできた成果が、この蔵の中には集積していた。将軍家や柳沢家から拝領した品々。金座役人や勘定頭《かんじょうがしら》、その他の諸役人が挨拶代わりに届けてきた金品。紀伊国屋や奈良屋、越後屋といった豪商が勝手に積み上げていった貢ぎ物の数々。

だが今、ここに手燭があったとしても、探そうとしているものは見つかりそうになかった。この中のすべてを積み上げても、苛立ちひとつ鎮めることは出来ないのだ。

彦次郎は勘定所下役の次男である。貧しい暮らしの中で勉学に励んだ。励んだところで部屋住みの身、出世はおぼつかない。何度もくじけそうになったが、そのたびに己を叱咤《しった》した。万にひとつの運に賭けるのだ、と。努力の甲斐があって、十七のとき勘定所下役に登用された。あのときの誇らしさは今も忘れられない。

さらに九年余りの下積みを経て、勘定組頭に昇進した。貞享四年（一六八七）幸運な事件が起こった。勘定頭三人が罷免され、代わって彦次郎は勘定頭差添役《さしぞえやく》に抜擢された。

そこからはとんとん拍子だった。

折りしも、金銀の採掘量が減少し、幕府の財源は逼迫していた。

金がないなら、新たな貨幣を作ればよい——。

財政難を打開するために提言した案は将軍の賛意を得た。彦次郎は時の権力者である側用人《そばようにん》・柳沢保明《やなぎさわやすあきら》や金座銀座の御用商人と手を結び、貨幣改鋳に乗り出した。その成果は、勘定奉行という地位と、千坪以上ある役屋敷と、家臣郎党と、妾と、そして分け前に与《あず》かろうとしてすり寄って来た人々がもたらした富——この蔵に満載された金品である。

だれがなんと言おうと、人の二倍も三倍も努力をしたのだ。

己のためだけではない。幕府のため世人のためにもよかれと思った。だからこそ、努力をした。それがなぜ、今になって、白い目で見られなければならぬのか。

「勘解由め……」

欲は人にある。というより、人は欲である。無欲な顔をして聖人ぶった言を吐くやつほど、腹の中は権勢欲に凝り固まっているものだ。

勘解由こと将軍家侍講・新井君美《あらいきんみ》(のちの白石《はくせき》)の青白い顔を思い浮かべて、拳を握りしめたときである。

薄闇に蛍が飛んだ。驚いて振り向くと、同時に「あっ」と女の声がした。

「ご無礼をいたしました」
十四、五の娘だ。こんなところで主に出会うとは夢にも思わなかったのだろう、手燭を握りしめ、身をすくませている。
「おぬしは？」

「幸《こう》と申します。奥方さまにお仕えしております」

答えたときはもう、怯えの色は消えていた。見かけによらず肚《はら》の据《す》わった娘らしい。

そういえば、一年ほど前に妻が新しい侍女を雇ったと聞いたことがあった。

一年前といえば、勘解由と彦次郎の戦いが本格化してきた頃だ。

「登勢《とせ》に頼まれたのか。なにを取りに参ったのだ？」

登勢とは正妻の名である。

ふと好奇心を覚えて訊《たず》ねた。

「燭台《しょくだい》にございます。唐渡りの黄金の燭台がありますそうで、それを……」

彦次郎は眉をつり上げた。

黄金の燭台は、京の近衛《このえ》家から拝領したものだ。この蔵の中でも五指に入る高価な品である。

「よいところに目をつけた」

唇をゆがめたのは、薄情な妾や中間の顔が胸に残っていたためだ。

幸は首をかしげた。

「わしを見限って里へ帰るなら、蔵ごと持ってゆけと伝えよ」

言い捨てて踵《きびす》を返そうとすると、幸が血相を変え、行く手に立ちふさがった。

「お待ちください」

幸は真っ直ぐに主の顔を見返してきた。手燭の灯が双眸《そうぼう》を燃え立たせている。凛《りん》としたまなざしだった。

「奥方さまは、殿さまの御身を案じられて、それで……それで燭台に火を灯して、ご祈願をなさりたいと仰せなのでございます」

彦次郎は呆然と娘の顔を見返した。

あれはいつだったか。こんなふうに必死の形相で、自分に意見した女がいた。あなたさまは出世しか眼中にございませぬのかと、あの女は詰め寄ったのである。

薄明かりの中なので、彦次郎の顔をよぎった苦渋の色に、幸は気づかなかった。

「奥方さまは殿さまの御身を案じておられるのでございます」

幸の目からほろほろと涙がこぼれた。

「もうよい」

涙をぬぐうかわりに、幸は手燭を背後に隠した。泣き顔が薄闇に沈んだ。

彦次郎は顔を背け、歩き出した。

歩きながら考える。

――このよりどころのなさはなんだろう？　歩いているのに、地面を踏んでですらいないような気がするのは……。

「お探しいたしましたぞ。そろそろお仕度をなさらねば。掃部頭さまをお待たせするわけには参りませぬ」

主の姿を見つけて、市右衛門が飛んで来た。手土産はいかほどがよいか、装束は、伴の者は、と矢継ぎ早に訊ねる。

「金品は受け取るまい」

言ったところで思いついた。

「念のため、ひと包み、吉蔵に持たせよ」

ひと包み、というのは百両だ。余人にわからぬように、菓子折や野菜籠の底に忍ばせるのが、こんな場合の常套手段である。

「吉蔵を、お連れになられるのでございますか」

市右衛門は手土産ではなく、伴の名に目をみはった。

吉蔵は老僕である。昔はいざ知らず、ここ何年も伴を仰せつかったことはない。

「さよう。吉蔵だ。それから左馬之助。他はよい」

市右衛門はあからさまに驚愕の色を浮かべた。

「めっそうもございませぬ。奉行が大老に挨拶に出向くのですぞ。さような伴揃えでは、ご不興を買いましょう。道中も案じられます。せめてご登城の際の人数をお連れ下さりませ」

荻原《おぎわら》家は三千七百石の旗本だから、登城の伴侍は六、七人と定められている。それに槍持《やりもち》や草履取《ぞうりとり》、挟箱持《はさみばこもち》などの中間が加わって総勢二十名余り。私的な外出であっても、奉行という立場上、一人二人の伴では格好がつかない。

「内々に頼み事をするのだ。仰々しい伴揃えはかえってまずかろう」

「さようにはござりますが、といって一人二人というのは……」

「考えがある。言う通りにいたせ」

彦次郎は押し切った。紋付き小袖に小袴という目立たぬ上下を用意させる。肩衣《かたぎぬ》をつければ略式の礼装となるが、これは先方に着いてからでも間に合う。左馬之助に持参させることにした。

「気ままな散策じゃ。よいな。だれぞに訊《き》かれたらさように言うておけ」

隠密行だと釘を刺されれば、市右衛門も否は言えない。

あわただしく用意させた松茸入りの籠を吉蔵に、肩衣の入った風呂敷包みを左馬之助に持たせ、彦次郎を乗せた駕籠《かご》は午《うま》の刻（正午）、裏門より密かに出立した。行き先は紀尾井坂《きおいざか》の手前にある掃部頭の屋敷である。

## 四

「左馬之助。おぬしに申しつけることがある」

紀伊宰相の広壮な屋敷に差しかかったところで、彦次郎は輿《こし》を止めさせた。

延々とつづく海鼠壁《なまこかべ》をたどり、とぎれたところを左折すれば、西隣は、これも負けず劣らず豪壮な井伊掃部頭の屋敷である。

「何事にござりましょうや」

左馬之助は輿の前に膝をついた。

「まずは手を貸せ」

六尺に合図をして輿を下ろさせると、彦次郎は路上へ降り立った。

「掃部頭さまの屋敷へゆき、今からわしが申す通り口上を述べよ」

「はあ」

「よいか。心して聞け。主はこちらへ伺う途上、急な差し込みにて動くことままならず、輿にて引き返し申した。当方より申し入れた面談でありながら、果たせぬご無礼は重々承知なれど、これもひとえにこのところの心痛が因《もと》なり。なにとぞご甘受願いたく……」

左馬之助は仰天した。

「お待ちくだされ。さすれば殿は、井伊家には行かぬおつもりにござりますか」

「いかにも」

「さすれば、掃部頭さまとの約束を反故《ほご》になさるのでござりますか」

「さようじゃ」

「とんでもござりませぬ。ご家老さまも、これが最後の頼みの綱だと」

左馬之助はいかつい顔をゆがめた。

「わしの命に逆ろうてはならぬ。主の言うた通り、掃部頭さまに頭を下げて参れ」

彦次郎は寵臣《ちょうしん》の眸《ひとみ》をじっと見つめた。

「して殿は……このままお戻りになられるのでござりますか」

「いや。用事を思い出した。輿はこの場に置き捨てる」

「まさか、さような」

従者が主人を置き去りにして帰るなどもってのほかである。左馬之助は今しも泣き出さんばかりだ。無骨な若者は、心底、主の身を案じているのだった。

まこと、実のある男よ。

左馬之助の目を見ながら、彦次郎は思った。

若い頃の自分はどうだったか。自分の目は、この若者のように澄んでいたか。上役が次々に罷免され、勘定頭のお鉢がまわってきたとき、小躍りして喜んだ。人を蹴落としこそしなかったが、溺れる者に手をさしのべたことはない。野心にとりつかれ、さぞや、物欲しげに見えたのではなかろうか。

「今一度言う。左馬之助。おぬしを見込んで、伴に連れて参ったのだ」

そのひと言を聞くや、左馬之助は背筋を伸ばした。分厚い唇を引きしめ、了解のしるしに顎を引いて見せる。

左馬之助は吉蔵に目を向けた。

「殿はおまえに預ける。命がけでお守りいたせ」

これまで主従のやりとりを黙って見守っていた吉蔵は、「へい」と腰をかがめた。

「爺めがついております。ご安心を」

勇ましく言いつつ顔をしかめたのは、腰に痛みが走ったからか。

左馬之助は主に命じられるままに肩衣の包みを吉蔵に手渡し、輿を残して、掃部頭の屋敷へつづく道を遠ざかって行った。

「さて、参ろうか」

彦次郎は老僕を見下ろした。

「へい。参りましょう」

どこへ行くのか、とは訊かない。松茸の籠と肩衣の包みを恭《うやうや》しく捧げ持って、主が一歩踏み出すのを待っている。

彦次郎は麹町《こうじまち》の大通りに向かって、道なりに歩きはじめた。

秋晴れである。

輿を捨てて己の足で歩いていると、体の隅々にたまった澱《おり》がはがれ落ちてゆくようだった。彦次郎はつかの間、陥《お》ち込んだ災禍を忘れている。

主従は大通りを左折して西方へ歩を進めた。

そのまま行けば四谷《よつや》御門《ごもん》に出る。御門の手前、堀割に隣接した一郭に、下級役人の組屋敷があった。

「おう、これは……なつかしゅうござります」

吉蔵は目を瞬いた。

かつて勘定所下役であった頃の荻原家は、この大縄地《おおなわち》に家を拝領していた。似たような家々が建ち並ぶ路地を駆けまわったり、堀端《ほりばた》の草原で近隣の子らと取っ組み合いの喧嘩をしたり……。腕力がないくせに負けず嫌いの彦次郎は、しょっちゅう強者に喧嘩を挑んでは泣かされたものである。

「こうして見ると狭いものだ」

組屋敷のはずれに立って、あたりを見まわした。

大身の旗本に出世し、千坪余の屋敷に住む身となった今、かつての住まいは厩《うまや》さながらに見えた。この手狭な住まいに、両親や兄、弟、妹、下僕の吉蔵夫婦まで同居していたとは信じられない。

「迷子になったことがあった。覚えておるか」

「へい。あのときは大騒ぎをいたしました」

「おぬしが見つけてくれた。おぶってもろうて帰ったの」

「さようでした。ちょうどこのへんまで帰って来たところで、殿は突然お泣きになられました。爺は往生いたしましたよ。まだほんの五つ、六つの頃にござりました」

「泣いたのはあれが最後だが、わしは臆病者よ。本性は今も変わらぬ」

吉蔵をうながして、路地へ足を踏み入れる。

はじめからここへ来ようと決めていたわけではなかった。

出立間際になって、ふと気が変わった。どこでもいい、だれにもわずらわされずに一人きりで歩いてみたいと思ったのである。

この期《ご》に及んで、あくせくしたところでどうにもなるまい。

輿にゆられていたときだ。幸の眸を思い出した。

一途なまなざしには、まだ世間にも人にも裏切られたことがない者だけが持っている真摯《しんし》な光があった。そうだ。あのとき、あの眸を、どこかで見たと思った……。

はるか昔、棄《す》てた女の顔が浮かんだ。

三十余年も昔の出来事である。むろん別れた当初はあれこれ思い悩みもしたし、しばらくは折りにふれ胸を痛めもしたが、いつしか名前を思い出すことさえなくなった。それがなぜだろう。明日にも罷免され、詮議を受ける身となった今、無性に逢いたくなったのである。

「山崎の娘を覚えておるか」

「へい。色白の、目元がこう、きりっとした……」

「志津江《しづえ》だ」

「そうそう、志津江さまにござります」

覚えているはずである。吉蔵は何度も文の使いをさせられた。当時、彦次郎と志津江は組屋敷のだれからも夫婦になると思われていたのだ。

「消息を訊ねてくれぬか」

よほどのことがない限り、組屋敷の娘は同じ組屋敷内の家へ嫁ぐ。身分の釣り合いは何にも増して優先される。

吉蔵は余計な詮索をしなかった。「へい」とうなずいて、山崎家の門をくぐった。

引き返そうとしたとき、拍子木を打ち鳴らすような音がした。門番を雇う余裕がないので、下級武士の家では門の内側に板や瓶を吊し、扉が開くたびに音がするよう工夫を凝らしている。

門が開き、侍が出て来た。赤子を抱いた女があとにつづく。

志津江！

足を踏み出しそうになって、彦次郎は苦笑した。

女はまだ二十歳そこそこの若さである。若い頃の志津江にどことなく似ているが、むろん志津江ではなかった。

二人はふた言み言、立ち話をした。それから男は彦次郎のいる方とは反対の方角へ歩きはじめた。女は辞儀をする。男の後ろ姿を見送ろうとして体の向きを変えるとき、まばゆいばかりの笑顔が見えた。

笑うとえくぼができる。えくぼをきざんだ顔は、志津江にそっくりだった。柴家の娘だ。子を産み、里帰りしている妻のもとへ夫が逢いに来た――おそらくそんなところだろう。

女は再び拍子木のような音をたてて門の中へ消えた。

彦次郎はしばらくその場に立ちすくんでいた。

昔、恋仲だった頃、この先にある稲荷神社の境内や堀端の草原で逢引きをした。たいがい志津江のほうが先に来て待っていたものだ。彦次郎を見ると駆け寄り、えくぼを浮かべた。

あの門の前で、自分と赤子を抱いた志津江が笑みを交わし合っている――。

そういう選択も出来たのだ。

彦次郎は松茸の籠を見た。志津江に百両を渡そうかとも考えた。そう思ったことで、たちどころに自己嫌悪に陥る。

「籠をよこせ」

「へい」

「籠だけでよい。その包みを今の女に渡して来い」

吉蔵は首をかしげた。

「肩衣をおあげになるのでござりますか」

「いや……やめておこう」

おれは何を考えていたのか。金子も肩衣も権勢をひけらかすことに変わりはない。しかもその権勢は、今や手指の間からこぼれ落ちようとしているというのに。

嘆息したとき、ふいに妻の顔が浮かび上がった。

「行くぞ」

「へい」

意味がわかるかと訊ねると、ようはわかりませんが、と吉蔵は照れ笑いを浮かべた。

「悪人でも善人でもよろしゅうございます。爺は殿さまが好きにございますよ」

それ以上、話すことはなかった。

二人は移ろいゆく空を眺める。

四半刻ほどそうしていた。

「寒うなってきた。帰るか」

腰を上げたとき、松茸の籠に隠した百両を思い出した。楼へ上がり、憂さ晴らしに散財することもできる。が、哀しいかな、小役人あがりの彦次郎には、いまだ遊ぶ金を惜しむ心があった。

裾を払いながら思案する。

「おぬしに頼みがある」

「へい」

「明日、登城する。帰れぬと、覚悟したほうがよい」

「殿さま……」

吉蔵は絶句した。

「わしは大悪人だったやもしれぬ。我欲に溺れておったやもしれぬ。だが有能な幕吏、忠実な臣であったのも事実だ。将軍家のために働いた。最後まで働くつもりだ。お上が死ねと言うなら死ぬことも忠義に違いあるまい」

彦次郎は金子《きんす》の包みの入った籠を老僕に手渡そうとした。

吉蔵は飛びずさった。

「主命じゃ」

彦次郎は吉蔵に無理やり籠を押しつけた。

「よいか。よう聞け。役人が屋敷へ乗り込めば、もはや金品は持ち出せぬ。この金は、おぬしの老後と、幸に新たな奉公先を見つけてやるための資金だ。さらに、もうひとつ、頼みが出来た」

彦次郎は薄の穂先に止まった蜻蛉を見た。二匹が顔を寄せ合い、羽をふるわせている。

「この金で、登勢と源八郎《げんぱちろう》を佐渡へ送り届けてもらいたい」

「奥方さまと若殿さまを佐渡へ？」

「おぬしも存じておろう。佐渡には山田吉右衛門《やまだきちえもん》がおる。吉右衛門にはそれ相応のものを預けてあるゆえ、不自由ない暮らしが出来るはずだ」

山田吉右衛門は佐渡屈指の豪商である。彦次郎はかつて佐渡支配を兼任していたことがある。公私ともに懇意にしていた。

「金のことは登勢にも言うておくゆえ、あらぬ疑いがかかる心配はない。が、余人にはさとられるな。よけいな差出口をする奴がおるやもしれぬ」

万が一、荻原家が改易の憂き目にあうような事態になれば、一両二両の金でも役に立つ。

彦次郎は帰路についた。

少し遅れて、金子を懐へ隠した吉蔵がつき従う。

雲が出たせいか陽光は褪《あ》せつつあったが、今はもう、ふれたら指が切れそうに澄明な光ではなく、良くも悪くも妙味のある温かな色に変わっていた。

憑《つ》き物が落ちたような……。

ここ数ヵ月ではじめて、彦次郎は張りつめた糸がゆるむのを感じていた。

## 五

「六義園《りくぎえん》のご隠居さまよりご書状をいただいております」

屋敷へ戻るや、家老の市右衛門が待ちかねたように飛んで来た。

かつての側用人からの急使とあって、顔色が蒼い。

六義園のご隠居さまとは、前将軍の側用人を務め、甲府宰相にまで出世した柳沢保明のことである。柳沢は前将軍が死去するや幕閣を退き、小石川に建てた隠居所へ引きこもってしまった。隠居所は豪壮な庭が自慢で、六義園と呼ばれている。

「今頃、何用じゃ」

彦次郎はけげんな顔をした。

彦次郎が陣頭指揮を取って行った貨幣改鋳は、柳沢の後押しによるものだ。

幕府は財政難に苦しんでいた。放漫財政のつけもあったが、江戸の発展に伴って物流が盛んになり、貨幣そのものが足りなくなったせいもある。貨幣を増やそうにも、金山銀山の産出量は頭打ちになっている。

さすれば、貨幣の質を落としてはいかがか。

ここに十人が腹を空かせているとしよう。米は五人分しかない。餓死者を出さぬためには、麦や雑穀を混ぜ、とにもかくにも腹を満たしてやることだ。

彦次郎の献策は、幕閣に拍手をもって迎えられた。

元禄金銀につづいて宝永二ツ宝丁銀、宝永永字丁銀、乾字金《けんじきん》、宝永四ツ宝丁銀と、金銀の含有量を減らした新貨幣を発行。大量の貨幣が出まわって物価は高騰したものの、財政難は緩和され、物資が滞ることもなくなって市場は活気づいた。新貨幣の評判はすこぶる悪い。が、弊害だけでなく、効用も確実にあったのである。

なにもかもうまくなどゆくものか。悪あってこその善ではないか。

ところがそこへ勘解由があらわれた。儒教に凝り固まった聖人の目には、わずかな汚点が巨大なしみに見えるらしい。正論で押しまくられれば、凡人には太刀打ちが出来ない。

気配を察知して、いち早く退散した柳沢は利口だった。

「またどうせ、勘解由とは争うな、と言うてきたのだろう」

つぶやきながら書状を開く。

「これは……」

彦次郎は息を呑み、二度三度読み返した。

勘解由はこれまでにも二度、彦次郎を糾弾している。昨日、三度目の直訴を断行し、ようやく将軍家の同意を得たと、書状は知らせていた。明日にも彦次郎の罷免が申し渡されるはずである。もはや事態は避けられないが、事を穏便に済ませるために井伊掃部頭さまに取りなしを頼んだ。この書状に目を通したら、ただちに掃部頭さまの屋敷へ出向けと書かれている。

「いかがいたしましょうや」

市右衛門は額に冷や汗を浮かべて訊ねた。

「いかが、とは」

「左馬之助の報告によりまするると、殿は掃部頭さまとのお約束を反故《ほご》になされましたそうで」

「いかにも」

「ここは恥を忍んで、病が治りましたゆえ改めてご挨拶にうかがいたいと、使いをやってはいかがにござりましょうか」

「仮病はやめた、これから行くぞ、と申すのか」

言ったとたん、笑いがこみ上げた。

そうやってあれこれ策を弄《ろう》すること、それがおかしい。事あるたびに権勢者に泣きついて保身を計る、幕吏という存在そのものがおかしい。これまでそのことに何の疑問も感じなかったばかりか、どっぷり浸かっていた自分がおかしい。

金品の授受があろうとなかろうと、政《まつりごと》の世界というものは、恩義を売り買いするもの、媚びへつらいを当たり前の顔でやりとりするものなのだ。

なんと馬鹿げた……。

主の哄笑《こうしょう》を、市右衛門はあっけにとられて眺めている。

「許せ。市右衛門」

彦次郎は笑いをおさめた。

「不甲斐ない主のために、おぬしらまで災禍に巻き込んでしもうた。家臣郎党の行く先を思うと、なんと言うて詫びればよいか。が、掃部頭さまの屋敷へはゆかぬ。だれになじられようが、いかなる処分を受けようが、良かれと思うてやったことだ。今後一切、弁明もすまい」

「殿……」

「これでよいのだ、市右衛門。逐電《ちくでん》したい者にはさせよ。心づけをくれてやれ」

市右衛門は顔色を失っている。

だが、彦次郎は晴れやかな気分だった。予期していたことが現実になっただけだ。とうに覚悟は出来ていた。

「そうじゃ。手分けをして、庭木、庭石の数を書き出しておけ」

罪人となれば屋敷は取り上げられる。その際は建具の数から庭石の数まで改められる。ここにあるものは何から何まで将軍家のものなのである。

家老がよろめくように退出してしまうと、夕闇が一段と濃くなった。障子の桟がわずかに赤味を帯びているのは、暗がりの向こうに夕陽があるからか。

夕陽はやがて沈む。が、自分はもう、なにものにも動じることはないだろう。

彦次郎は腰を上げた。


奥御殿はひっそりと静まり返っていた。

表の騒ぎを察知して、女たちが一人残らず逐電してしまったのではないかと疑いたくなるような静けさである。

伴も連れず、取り次ぎの者に声をかける手間も省いて、奥の間へ向かう。

途中、人けのない部屋の前を通り過ぎた。香也子と幾代のいた部屋だ。

苛立ちは消えていた。

――あの者たちの心を、一度でも思いやったことがあったか。

香也子も幾代も自分のもとから去って行ったのではなく、はじめから自分のそばにいなかったのである。そばに来ることを拒んだのは、この自分だ。

登勢の部屋は一番奥まった場所にあった。ここだけ明かりがもれている。

彦次郎は足を止めた。

妻とは、十年以上も同衾《どうきん》していない。折々の節目や来客の際、表座敷や奥御殿の広間で膳をともにする機会はあったし、登城の日の見送り出迎えは妻の役目だからその都度顔を合わせてもいたが、こうして居室を訪れるのは、数年前に重い病に罹《かか》った妻を見舞って以来だった。

そもそもが野心を満たすために迎えた妻である。そんな妻に、彦次郎は通り一遍の愛情しか注いだことがなかった。むしろ新婚当初は、志津江を棄てる因となった責任を妻に転嫁し、胸のうちで暴言を吐くことで、罪悪感から逃れようとしていたところがある。

卑怯な男だ。己の卑劣さを忘れようとお役に没頭し、贅沢な暮らしをさせてさえおけばそれでよいと信じ込んでいた。

妻の冷ややかなまなざしは、そこに映る己の姿だったのではないか。

彦次郎は襖に近寄り、隙間から中を覗いた。思わず皓光《こうこう》に目を瞬く。

奥の仏壇のまわりに大小様々な形をした燭台が置かれていた。幸が蔵から持ち出した黄金の燭台もあった。ひとつひとつから炎が燃え立ち、まるで灯籠《とうろう》を浮かべた海原を見るようだ。

光の波間に端座して、登勢は両手を合わせていた。薄い肩が炎とともに揺れているように見える。

声をかけるのをはばかってその場に立ちつくしていると、周囲に控えた女たちの一人がすっと立って、こちらへやって来た。

音を立てぬように襖を開け、廊下へ忍び出る。

幸だった。

幸は軽く頭を下げると、目でうながし、主を隣室へ誘った。

「間もなくお勤めが終わります。こちらでお待ち下さいまし」

彦次郎が上座へつくのを待って、幸はあらためて挨拶をした。

「殿さまの御身を案じられ、奥方さまは各地の寺社へ詣で、また京より僧都《そうず》さまをお招きになられて祈念されておられるのです。先日、宗芳《そうほう》さまというお方が京よりおいでになられました。そのお方が申されるには、殿さまは闇の中で道に迷うておられるとやら」

彦次郎ははっと目を上げた。

「わしが、道に迷うておると……」

「はい。宗芳さまは奥方さまに、殿さまをありったけの光で照らして差し上げるように、と申されました。それも、冷たく冴え渡った月光ではのうて、触れれば熱く、焼けつくほどの光でなければならぬと」

皓々と火を灯し、一心不乱に祈っていた妻の姿が目に浮かぶ。

いつの頃からか、妻は笑わなくなった。受け答えに棘《とげ》が含まれているような気がした。もっともそれ以前から、夫婦の間で会話らしい会話はなかった。彦次郎は妻をないがしろにしていたが、妻の方も自分を疎《うと》んじているとばかり思い込んでいたのである。


——手を携え、命を賭して将軍家を支えるのじゃ。

力強く言った柳沢は、あっけなく一線を退いた。

——これからもその知恵、役立ててくれ。

自ら引き止めておきながら、現将軍は手の裏を返した。

——荻原重秀《しげひで》こそ大悪人。年貢の納め時よ。

世人は辛辣《しんらつ》な悪口をあびせかける。

郎党の中にも逐電する者が出はじめた。

そんな最中、妻だけが自分を見捨てずにいてくれたというのか。

「勤行《ごんぎょう》を終えたらここへ参るように伝えよ」

言ったとたんに腹が鳴った。

「そうじゃ、夕餉《ゆうげ》を食うのを忘れておった」

正式な食事は朝餉と夕餉の二食、夕餉はまだ陽のあるうちに食うのが決まりである。

帰路は徒歩だったので思わぬ時間がかかり、食べ損ねた。

幸は目を丸くした。

「それでは空腹にございましょう。すぐにお膳のご用意を」

「いや。登勢が参ってからにしよう。夜食の仕度をの。おお、そうじゃ、今宵は登勢と酒でも飲むか」

別れの盃となるはずである。

「なにをしておる。酒じゃ」

幸は辞儀をして出て行った。

しばらくすると勤行が終わったのか、隣室から女たちの衣ずれの音が流れてきた。

待つほどもなく、登勢があらわれる。

夫婦は注《さ》しつ注されつ酒を飲んだ。

登勢はすぐに目元を赤らめ、片手を頬に当てたが、それでも盃を口に運んだ。仄暗《ほのぐら》い行灯《あんどん》の明かりに照らされて、細っそりとした影が頼りなげにゆれている。

彦次郎は酔いにまかせて、ぽつりぽつりと話をした。意味もなく、脈絡もない思い出話だ。

突然、登勢は双眸《そうぼう》に激しい色を浮かべて彦次郎を見た。

「なんぞ、気に障ることを言うたか」

「いえ……」

「言いたいことがあるなら遠慮はいらぬ。申してみよ」

登勢はためらったのちに両手をついた。

「約束していただきたきことがございます」

「約束しよう」

「なれば申します。切腹だけは、なされますな」

彦次郎は息を呑んだ。

「自らお命を断たれてはなりませぬ」

「おそらく明日、わしは罷免になろう。蟄居《ちっきょ》、閉門ならよいが、そのままどこぞへ押し込めとなるやもしれぬ」

悪評のすべてを自分に背負わせるつもりなら、あるいは、罷免を皮切りに大胆な改革を進めようとするならば、彦次郎の口を封じてしまうほうがいい。

登勢が案じているのもそのことだろう。

「悪貨を鋳造して私腹を肥やした。わしは悪人だそうな」

自嘲気味に言うと、登勢は怒りをあらわにした。

「あなたさまは悪人ではございませぬ。職務を全うなされただけにございます。私腹と申されますが、御用商人や金座銀座のお役人方が勝手に蔵に金品を積み上げていっただけではありませんか。あなたさまはお使いになられる暇すらございませんでした」

政のことなどわからぬ、関心もないだろうと思っていた妻が、これほど正確に事情を察していたとは。冷淡だとばかり思っていた妻にこれほどの激しさがあったとは。

彦次郎は呆然としている。

登勢は夫ににじり寄った。

「お命を断てば先方の思う壺。罪を認めたようなものにございます」

「潔く腹を斬れば家名を残そう。源八郎に家督を継がせると言われたらどうする？」

「お断りなされませ」

登勢は即座に応えた。

「お情けに禄を与えられ、罪人の子と後ろ指さされて、勘定所下役にしがみついたところで何になりましょう。源八郎には武士を捨てさせてもよろしゅうございます。お辛うございましょうが、お命、永らえて下さいませ」

「相わかった」

そう答えて、彦次郎は妻の背に手をまわした。

近場で見ると、登勢の顔にはくっきりと老いが刻まれている。

痩せた背を撫で、過ぎ去った歳月をたどりながら、彦次郎は朝を迎えた。

## 六

朝は無数にある。

その中のたったひとつに過ぎないのに、それは特別な朝だった。

「体が軽い。生まれ変わったようじゃ」

市右衛門の顔に貼りついた苦悩の色を吹き飛ばすように、彦次郎はさばさばと話しかけた。

熨斗目《のしめ》小袖の上から麻上下《あさがみしも》をつけた礼装で、玄関へ向かう。

式台には輿がつけられ、輿の横に四人の六尺、そのまわりに伴侍が居並んでいた。

目を伏せ、うなだれた顔は一様に暗い。なにが城で主を待ちかまえているか、だれもが心得ているのだろう。

彦次郎は左馬之助の視線を捕らえた。うちひしがれた目をしている。思わず励ますようにうなずいた。

登勢は式台に膝をそろえていた。彦次郎を見ると、袖にのせた刀を恭《うやうや》しく差し出した。

受け取る瞬間、目が合った。

登勢は淡く微笑む。さすがに血の気のない顔をしているが、その目には妻の誇りを示す毅然とした色があった。

妻の傍らに、十七になる源八郎がひかえていた。彦次郎より登勢に面差の似た、凡庸な倅《せがれ》である。これまでは野心の乏しい嫡男が歯痒《はが》ゆかった。が、今はそれが無上のものに思える。

彦次郎は軽くうなずいた。息子に向けていた目を上げ、屋敷の奥を透かし見る。

ここは役屋敷だ。罷免となる以上、もはや戻ることはあるまい。渾身の努力で手に入れた屋敷ではあったが、しょせんは借り物、今となってみればなんの未練もなかった。

「出かけるぞ」

妻に声をかけた。
「ご無事をお祈りしております」
登勢は、かすれた声で言った。
彦次郎は市右衛門に合図をして、輿に乗り込んだ。
輿は門へ向かった。
彦次郎は簾《すだれ》を開けて庭を眺めた。
萩が花をつけている。槙の梢に雀が止まっていた。池の汀《みぎわ》には朝陽が溜まっている。
今日も秋晴れになるらしい。
長屋門の前に門番、そのそばに槍持や草履取、挟箱持などの中間が待機していた。
門の脇に吉蔵が畏まっている。
「待て」
彦次郎は輿を止めた。
「頼んだぞ」
声をかけると、吉蔵は「へい」と応えた。欠けた歯を覗かせる。
彦次郎は簾を閉めた。
目を閉じる。
昨日の朝から今朝まで、長い時を経たような気がした。一日でずいぶん歳をとったと思ったが、そう思うのはまんざら悪い気分ではなかった。
自分は、汗をぬぐい息をはずませ、脇見もせずに真昼の道を歩いて来たのだ。
まぶたの裏に残光があった。
心残りは、もうない。

# 世直し大明神

安部龍太郎

安部龍太郎《あべりゅうたろう》（一九五五～）

福岡県出身。「師直の恋」でデビュー。一九九〇年に発表した、『血の日本史』で注目を集める。二〇〇四年『天馬、翔ける』で中山義秀文学賞、二〇一三年『等伯』で直木賞を受賞。主な作品に『関ヶ原連判状』『薩摩燃ゆ』『道誉と正成』など。

一七八四年（天明四）三月、新番士佐野政言《さのまさこと》、田沼意知《たぬまおきとも》を江戸城中に刺す。

# 1

前兆はあった。

天明三年四月九日に第一回目の噴火をした浅間山は、五月二十六日、六月十八日と噴火をくり返した。大地はしきりに鳴動し、火口からは黒煙が噴き出し、赤い雷が走り出た。人々は恐ろしさのあまり冷汗を流し、気絶せんばかりだったという。

だが、これで終わりではなかった。七月八日の四ツ（午前十時）ごろ、山がむくむくと動き出したかと思う間に、耳をつんざくような音とともに大爆発を起こした。火煙は幅三十間、高さ数百丈にも及び、火口から噴き出した溶岩が北側の急斜面を走り、ふもとの村をひと呑《の》みに呑みつくして、吾妻川までなだれ落ちた。

〈石にうたれ、砂にうずもれ、死するもの二万余人。牛馬はその数を知らず。凡《およ》そこの災にかかりし地四十里余におよぶという〉

被害の模様を『徳川実紀』はそう記している。三十数里離れた江戸でも、粟粒《あわつぶ》ほどの砂礫《されき》が降り、火山灰が一寸ほど積った。

それから三カ月ほど過ぎた十月中頃《なかごろ》の夕刻、田沼意次《おきつぐ》は神田橋近くの嫡男意知《ちゃくなんおきとも》の屋敷を訪ねた。

「返事を聞こう」

意知の顔を見るなりそう言った。

「誠にお気の毒ですが、やはり……」

「断わると言うのか」

「はい。父子《おやこ》そろって幕閣の要職を占めるは、本多正信《まさのぶ》どの、正純《まさずみ》どのの例があるばかりでございます。今それがしが若年寄の座につけば、父上に対する批判は益々《ますます》高まりましょう」

意知は真っ直ぐに意次の目を見つめて答えた。

「それがどうした」

意次はたまりかねたように叫んだ。細面《ほそおもて》の肉の薄い顔は、疲労と焦躁《しょうそう》に青黒く変わっていた。

「我子だから若年寄にするのではない。そちがこの難局を切り抜け、国家百年の大計を計ることが出来る人物ゆえじゃ」

「ですが、余人はそうは見ますまい」

意次が老中としての権勢を笠《かさ》にきて、我子を抜擢《ばってき》したと見るだろう。それでは父のためばかりか、自分のためにもならない。意知はそう言って若年寄就任を固辞し続けていた。

「では申してみよ。そちほどの力量を持つ者が、どこにおる。ああ。松平定信《まつだいらさだのぶ》か、太《おお》田資愛《たすけよし》か」

意次は問題にもならぬというように吐き捨てた。

松平定信は英明の聞こえ高い白河藩主で、譜代大名の後援を得て反田沼派の先頭に立っていた。だが、彼らの考えは旧来の発想を一歩も出ていない。意次がこの二十年、身命を賭《と》して遂行してきた改革を引き継げるのは、意知以外になかった。

親の欲目で言うのではない。意次は自分でさえ酷と思えるほどの猛勉強を課してきたが、意知はその期待によく応《こた》えた。学問や武芸に通じたばかりか、長崎のオランダ商館長と交わるうちに、オランダ語さえ習得していた。

まだ三十五歳というのに、処世の術《すべ》をわきまえ、人情の機微をくみ取る懐《ふところ》の深さがある。どんな者とも分け隔てなく接し、話を充分に聞き、いつの間にか親しい間柄《あいだがら》になっていた。

「父上は少々焦《あせ》っておられます」

意知は自ら茶を点《た》てて意次に勧めた。

「わしはもう六十五じゃ。余命いくばくもない」

「しかし、この上無理を通されれば、不慮の事態を招きかねません」

「今ここで引き下がれば、これまでの努力が水泡《すいほう》に帰するのじゃ。お前は蝦夷《えぞ》地の開発や清国《しんこく》との交易が、中断されていいと思うか。ようやく起こってきた実学進取の気運がついえていいと思うか」

八代吉宗《よしむね》の「享保《きょうほう》の改革」以後も、幕府は慢性的な財政危機に悩まされていた。それを倹約と行政縮小、年貢《ねんぐ》収奪の強化、耕地の開拓などで乗り切ろうとしたが、いっこうに成果は上がらなかった。

そのはずである。世はすでに商品流通の時代に入っていた。米ではなく金《かね》が経済活動の中心となったのだ。それなのに幕府は依然として、年貢米に収入を依存していた。これでは収支の均衡が崩れるのは当たり前だった。

不作や物価の高騰《こうとう》に対応出来ないばかりではない。米商人が投機によって米価を半値に落とせば、平年通りの年貢米があっても、現金収入は半分に減るのだ。

こうした事態を打開すべく登場したのが田沼意次だった。

意次は産業を盛んにし、国を富ませることによって、運上金や冥加金《みょうがきん》（商業活動に関《かか》わる税金）を徴収した。また、幕府の専売制度を強化し、積極的に商業活動に関わった。全国の銅山を開発して清国に輸出したり、蝦夷地の開発を手がけたりした。

工藤平助《くどうへいすけ》が『赤蝦夷風説考』を著して開国の必要を説いたのも、杉田玄白《すぎたげんぱく》らが『解体新書』を翻訳したのも、「蘭癖《らんぺき》」と仇名《あだな》されるほど洋学に理解を示した意次の保護と援助があったからだ。

「わしはこの十年の間に産業を興し、清国との貿易でも利益が上がるまでにした。外航用の大船を建造し、諸外国との交易を計ろうともしておる。それがこの国のために必要だからだ。もし、ここでわしが身を引けばどうなる」

松平定信らが意次の重商主義的政策を全《すべ》て否定し、旧態依然たる農本主義的政策をとることは火を見るよりも明らかだった。

「分りました。あと三日だけ待っていただけますか」

その間に知人や友人の了解を得たいという。意知らしい配慮だった。

「引き受けるのだな」

「父上を一騎駆けに駆けさせるわけには参りますまい」

意知は苦笑した。状況がどれほど厳しいか分った上での決断だった。

## 2

危機はそれほど深刻だった。浅間山の爆発によって、信州、上州の耕地の大半が火山灰に埋ったのだ。餓死の危機にさらされた百姓たちは、各地で一揆《いっき》、打ちこわしを起こしていた。

また冷夏の影響で、東北地方は大飢饉《だいききん》にみまわれていた。この年九月から翌年六月までの間に、津軽藩では八万人、南部藩では六万人余りが餓死した。草木を食べ、木の根や皮を食べ、それも食べ尽くすと、先に斃《たお》れた者の屍《しかばね》を食べるという惨憺《さんたん》たる有様だった。

その責任が、意次にあるとされた。現代人なら浅間山が噴き上げた火山灰が空中に浮遊して日光をさえぎり、冷害に結びついたのだと分る。だが、当時の人々は上に立つ者の徳がないために、このような天災にみまわれたのだと考えた。

浅間山が爆発したのも、意次のせいだとされた。意次が浅間山の根方にある硫黄《いおう》の採掘を許可したために、山の均整がくずれて爆発したというのだ。

こうした非科学的な批判を突きつけられてはたまったものではないが、実は意次の重商主義的な改革の中に、こうした批判を招くような欠陥があった。意次は輸出用とするために銅山開発を急いだが、そのために各地で環境破壊を引き起こしていた。

また幕府による専売制度を強化し、綿、煙草《たばこ》、茶などの換金作物の栽培を奨励したために、食糧自給率が低下して、飢饉に対する抵抗力を失っていたのだ。

この危機に、意次はよく耐えたと言っていい。

反対派の老中を抑え、施粥《せがゆ》や食糧の貸与を行い、西国諸藩から買い上げた米を東北に回し、米の買占めや売惜みを徹底して取締った。また諸藩から人夫を徴発して、火山灰による被災地の復旧工事に当たらせた。

長い冬を乗り越えてほっと息をついた時、その事件は起こった。

「ご老中、一大事でござる」

腹心の松本秀持《まつもとひでもち》が血相を変えて駆け込んで来たのは、三月二十四日のことだ。

「どうした」

「意知どのが、刃傷《にんじょう》にあわれましたぞ」

「なに」

手にした書類をばらりと落とした。意知は先に退出すると言って御用部屋を出たばかりだった。

「桔梗《ききょう》の間に、お早く」

御用部屋を出ると、中の間を抜けて桔梗の間に急いだ。縦長の部屋の下手《しもて》に、三十人ばかりが寄り集まっていた。中の間から桔梗の間にかけて、おびただしい血がこぼれていた。

「お通し下され、御免そうらえ」

意次は人を押しのけて前に出た。意知は横たわったまま番医師二人の治療を受けていた。

「意知、意知」

意次は殿中もはばからず、我子を抱き起こそうとした。

「失血のために気を失われております。ご安静が肝要でござる」

番医師が押し止《とど》めた。動かせば危険な状態だという。

「どこじゃ。どこに傷を負うた」

「肩先に長さ三寸、深さ七分。股《もも》に長さ三寸七分、深さは骨に達しております。背中に長さ八寸、深さ四分でございます」

番医師は残酷なほど正確な報告をした。

「で、助かるか。助かるのか」

医師は無言のままだった。意次は両腕をもがれでもしたように、茫然《ぼうぜん》と立ち尽くした。

害を加えたのは、新御番組の佐野政言《まさこと》という二十八歳になる旗本だった。桔梗の間に控えていた政言は、中の間に出てきた意知に、「覚えがあろう」と叫んで斬《き》りかかったのだ。

不意をつかれた意知は肩先を斬られたが、脇差《わきざし》を鞘《さや》ごと抜いて防戦した。殿中で抜刀すれば責《せめ》が意次に及ぶ。沈着な、見事なまでの対応だった。

だが、この配慮が意知の命を奪うことになった。狂ったように斬りかかる政言に押され、ついに二カ所に深手を負ったのだ。

「意知、死ぬな。わしより早く逝《ゆ》く奴《やつ》があるか」

意次は、意識を失ったままの意知の枕元《まくらもと》に座って叫んだ。さぞや無念であったろう。どれほど刀を抜きたかったことか。そう思うと、胸が絞り上げられるようだった。

「そちの仕事はまだまだあるぞ。この腰抜けが。これしきの傷で斃《たお》れるような男に、誰が育てた」

意次の叱咤《しった》もむなしく、意知はついに一度も意識を取り戻すことなく、四月二日に息を引きとった。

3

意知の公用人に六百二十両を贈って役職につけるように頼んだが、一向に召出されなかったこと。昨年の十一月末に将軍家治《いえはる》が木下川筋で狩りを行った時、政言も供をして鳥を射止めたが、意知がこれは政言の矢ではないと言ったために恩賞にあずかれなかったこと。

それが事件後に政言が申し立てた犯行の動機だった。意知は佐野家の系図や七曜の旗を借りたまま返さなかったともいう。

「くだらん」

松本秀持から報告を受けた意次は、そう吐き捨てた。意知の公用人が、政言から賄《わい》賂《ろ》を受け取った事実はあるかもしれない。だが、政言の手柄《てがら》をもみ消したとか、系図や旗を取ったというようなことがある訳がなかった。

「仕組んだことじゃ。仕組まれたんじゃ」

意次の改革を阻止しようとする者が、意知憎しの一念に凝り固まった政言を利用したのだ。それは中の間にも桔梗の間にも数多くの者がいながら、誰一人助けようとしなかったことからも明らかだった。

「わしは許さん。あのような愚劣な者たちを、許してたまるか」

意次の憤懣《ふんまん》やる方ない思いは、『徳川実紀』の四月七日の記事にもうかがうことが出来る。

政言を捕えた二人には恩賞を与えたが、傍観していた大目付二人、目付三人を出仕停止、政言の同僚四人を降格、町奉行、勘定奉行他七人を厳重注意処分にしている。

〈ともにそのとき中の間に列居《つらなり》てありながら、はからいかたもあるべきに、さなきは、とどかざる事と沙汰《さた》せらる〉

名をあげられた者だけでも十八人である。明白な意図があって見殺しにしたとしか思えない。裏返して言えば、意次父子がそれほど孤立していたということだ。

「ご老中、かような時にかような事を申し上げるのもいかがかと存じますが」

しばらく出仕を控えたほうがいいのではないか。秀持がためらいがちにそう勧めた。

「何故じゃ」

「喪中にも拘《かか》わらず出仕するは、不謹慎との評判がたっておりますれば……」

意次は意知が難にあって以後も、平常通りに出仕した。とどこおらせることが出来ない仕事が山積していたからだが、世人はそれを権力欲の故と取った。

「秀持、わしは今戦場におる。意知が討たれたからというて、逃げ出すことが出来ると思うか」

意次は語気を荒らげた。体はぼろのように疲れ果て、気力は萎《な》えかけていた。だが、意知は自分に一騎駆けをさせぬと言って若年寄を引き受けてくれたのだ。その気持に報いるためにも、絶対にここで引き下がるわけにはいかなかった。

「ではございましょうが、下々《しもじも》でもよからぬ行いに及ぶ者が多いと聞いております。ひとまずゆっくりと静養なされ、しかる後に」

秀持は執拗《しつよう》だった。

浅間山噴火後の飢饉と米価高騰を、意次の悪政のためだと信じた庶民は、意知を討った政言を「世直し大明神」と称して誉《ほ》めたたえていた。そのことを秀持は意次の耳に入れていない。意次の老いた背を、これ以上笞打《むちう》つのは忍びなかったからだ。

意知の葬儀は四月十二日に行われた。参列者は驚くほど少なかった。意次の失脚が目に見えていたからだ。

「ご老中、お待ち下され」

駒込《こまごめ》の勝林寺まで棺《ひつぎ》と共に歩くという意次を、秀持が強引に引き止めた。

「離せ。倅《せがれ》の野辺送りじゃ」

「いいえ、なりませぬ」

外は雨が降っているのだ。しかも沿道には多数の町人が出て、日頃の憂《う》さを晴らそうと待ち構えていた。

「意知は職に殉じたのじゃ。それを命じたわしが、不穏の輩《やから》を怖《おそ》れて家に引きこもっておれるか」

意次は怒鳴りつけて手を振り払った。

「では、これをお召しになり、お姿を変えられて」

秀持が慣れぬ手で蓑《みの》と笠をつけ始めた。

八人の家臣に担《かつ》がれた棺が、神田橋の屋敷を出たのは暮れ六ツだった。あたりはすでに薄暗く、雨はしとしとと降りつづいていた。

三河町を通るとき、十人ばかりの乞食《こじき》が何か下されとわめきながらついてきた。小銭を投げても、見向きもしない。それどころか、あれだけ賄賂を取っておきながらこれっぽちとは情ないなどと、罵詈《ばり》雑言をあびせかけた。

家臣たちが追い払うと、離れた所で悪口を吐《つ》く。沿道を埋めた町人たちが、それにつられて口々にののしり始めた。

〽おらは田沼を憎むじゃないが、ザンザ、ひとり息子も殺された。いよ佐野シンザ、出血《でち》はザンザ、よい気味じゃにえ

そんな歌を声高に唄《うた》う者さえいた。

意次は目に涙をため、歯を喰《く》いしばって歩いた。

貴様らのように知性も教養も見識もない輩に、わしの考えが分ってたまるか。この危機を乗り切るために、お前たちは何をした。何が出来る。何が分る。意次は腹の中で叫びながら、傲然《ごうぜん》と前を見つめて歩き続けた。

ボコッ。頭上でそんな音がした。棺に石を投げつけた者がいたのだ。それに続いて数人が石を投げたが、警備に当たる町奉行所の役人は制止しようともしなかった。

意次は棺に寄った。身をもって守ろうと思った。その肩先に石が当たった。倒れそ

うになったはずみに、棺に手をついた。棺が傾き、乗せていた木箱が落ちた。中には意知が愛用していたオランダ語の辞書が入っていた。

「ほら見ろ。棺桶《かんおけ》から銭が落ちたぞ」

印半纏《しるしばんてん》を着た男が、そう叫んでゲラゲラと笑った。

意次は泥水《どろみず》にまみれた辞書を拾うと、枯木のように骨張った指で汚れを落とした。いたる所に細かい字で書き込みがしてある。その字がにじんでいくのを見ると、たまらなくなった。

(お前には、とうとう……)

父親らしいことは、何ひとつしてやれなかった。

意次は辞書を懐《ふところ》に入れると、前かがみになって庇《かば》いながら冷たい雨の降る道を歩き続けた。

# ある寺社奉行の死

松本清張

**松本清張《まつもとせいちょう》**（一九〇九〜一九九二）

福岡県生まれ。尋常高等小学校卒業後、印刷所の職工などを経て朝日新聞社に入社。一九五〇年に「週刊朝日」の懸賞に応募した「西郷札」が入選。一九五三年「或る『小倉日記』伝」で第二八回芥川賞を受賞する。社会悪を告発する『点と線』、『眼の壁』が大ベストセラーとなり、社会派推理と呼ばれる新ジャンルを確立する。社会的な事件への関心は、ノンフィクション『昭和史発掘』、『日本の黒い霧』などへ受け継がれた。『無宿人別帳』、『かげろう絵図』、『西海道談綺』など時代小説にも名作が多く、『火の路』、『眩人』では斬新な解釈で古代史に斬り込んでいる。

一

文政十二年十月下旬、脇坂《わきさか》淡路守安董《やすただ》が寺社奉行となった。寺社奉行というのは名の通り、社寺を総轄する役目だが、地位としては大切なところにあった。寺社奉行を勤めれば、次が若年寄、次が老中、大老と出世するいわば官界の登竜門といわれていた。

しかし脇坂淡路守の寺社奉行は、この年がはじめてではない。その前、文化十年に一度勤めたことがある。この時は谷中の延命院事件というのを徹底的に検挙して、坊主どもを慄《ふる》え上らせた。

この延命院事件というのは、住職の日当《にっとう》という日蓮宗の坊主が、多数の大奥女中の帰依を得ていて、遂には五十数名の女を籠絡した一件であった。大奥女中の行状は、そのころ眼に余るものがあったが、何分、相手が大奥であるから、歴代の寺社奉行が見て見ぬ振りをしていた。迂闊《うかつ》に手をつけたら己れの失脚となる。それを、脇坂安董が暴いて裁いた。

尤も、その裁判は、女中の方は最少限度にして、坊主の方を大きく摘発した。それでも脇坂は、一度は退職せねばならなかった。だから文政十二年の彼の寺社奉行は二度目である。

硬骨の脇坂が再勤したというので、市中では落首があった。

また出たと、坊主びっくり貂《てん》の皮

貂の皮は、脇坂がその皮の投げ鞘をかけた槍を用いていたところから、脇坂に擬したのである。坊主どもの恐慌を諷したのであった。

杉山重兵衛《すぎやまじゅうべえ》は大奥の添番《そえばん》であった。文政十二年の暮のある日、彼のところへ一人の旧友が訪ねてきた。

久し振りだというので、種々歓談したときに、旧友の方から誘うともなく、近頃、評判の雑司ケ谷の感応寺の話が出た。

「感応寺は、大奥のご信心が、なかなか深いと聞きますが」

旧友はそう言って杉山の顔を見た。

「されば、大奥より感応寺へ運び入れられる祈禱の衣服調度を入れた長持が、近頃、とんと多うなりましてな。つまり加持の衣類もふえたのか、長持の目方が重うなりました」

「はは あ、さようか。いや、信仰はさもござろう」

客人はさりげなく話をかわした。

感応寺というのは日蓮宗の新しい寺で大奥の尊崇をあつめていた。

なぜかというと、十一代将軍家斉《いえなり》には五十四人という子女があった。歴代将軍中の子福者である。寵愛の御中臈《ごちゅうろう》は二十一人、いずれも将軍の子を挙げようと、競争であったが、おいとの方というのが、男三人、女二人の子を儲けた。彼女は元来が法華宗であったから、家斉にその感化を与えた。彼女の請いによって、家斉が感応寺を建ててやったのである。

いつも将軍や、有力な実力者のご機嫌をとっている大奥のことである。われもわれもと日蓮宗に帰依し、感応寺で加持祈禱をうける女中衆が増加してきた。

この宗派の特徴は祈禱である。本人が出られないときは身の廻りの衣類や調度でもよい。大奥女中というものは勝手気儘に、いつでも外出出来るものではないから、その衣類などを長持に入れて、寺に運び入れ、加持祈禱をうけるのだ。添番杉山重兵衛が、

「長持が近頃とんと多うなりましてな」

と言ったのは、そのことである。

どうして杉山にそれが分るかというと、彼は女中衆の起居している大奥の御広敷《おひろしき》の出入口、七ツ口という所の番人である。それを添番という。彼は外部《そと》から御広敷に持

込む物や、逆に御広敷から外部に持ち出す品を検《しら》べる役目であった。

たとえば、長持のようなものは、あまり重ければ、蓋をあけて内部を検査してよいのである。が、誰もこれをしない。大奥のものといえば、何となく懼《おそ》れる心になって、十五俵三人扶持の添番の身分では、つい事なかれ主義が習慣となる。

杉山重兵衛を訪ねた旧友は、その日、四方山《よもやま》の話をして引きあげた。

彼はその足で脇坂淡路守の役宅に行き、何事か報告した。つまり、彼ははじめっから脇坂に頼まれた部下であった。

脇坂淡路守は、その報告を熱心にきいた。聴きながら彼は何か思案顔であった。

「寺へ運び入れる長持が多いというか」

彼は、ひとりで呟いた。

二

脇坂安董は、大奥の女中と感応寺の坊主どもとが普通でない関係にあることを知っていた。今のうちに大奥風紀の紊《みだ》れを粛正しておかないと、政道の上にも響いてくる、と彼は考えた。

が、相手は何分にも大奥のことである。何かしっかりした確証を掴まねばならなかった。うかつに手を出したら、どんな逆捩《さかねじ》を食って、ひどい目に遇わぬとも限らない。脇坂は苦慮したが、添番杉山重兵衛から聞き出した一言が彼に何かの目算を与えた。

「上田五兵衛《うえだごへえ》を呼べ」

思案した脇坂が、家来の一人を呼び出した。

「五兵衛か。その方に、たしか一人の娘があったな」

「ござります」

五兵衛は四十すぎて、もう鬢《びん》には白いものが見えていた。

「いくつになる？」

「十八に相なります」

「うむ」

と淡路は考えていたが、つと膝をすすめると、

「どうじゃ、五兵衛。その娘を余にくれぬか？」

五兵衛の眼が、きらりと光ったので、脇坂は、あわてて言い直した。

「五兵衛、思い違いをするな。妾に欲しいというのではない。養女にくれと申すのだ」

「養女と仰せられますか？　それはまた、どういうご都合で？」

「五兵衛、こっちに寄ってくれ」

脇坂は、五兵衛を呼ぶと、低い声で、永々と囁いた。

聞き終った五兵衛は、暫《しば》らく顔を上げなかったが、やがて決心したように頭を下げた。

「委細承知をいたしました」

「うむ、承知をしてくれるか？」

「ご厚恩をうけた某《それがし》でございます。親の手前から申し聞かせば、娘も喜ぶことでございましょう」

脇坂は傷ましい顔をして五兵衛を見た。五兵衛も暗い顔をしている。

「五兵衛、これもみな、奉公じゃ」

「分って居ります。殿、ご案じ下さいますな。明日でも早速、娘を連れて参りまして、お目見得申し上げます」

五兵衛の言葉に嘘はなかった。翌る日、彼は娘を同道してやってきた。

娘は小柄な、可愛い女だった。

「名は、何と申すか？」

と訊くと、

「たみと申します」

と自分で、はきはきと答えた。

「父から、あらましを聞いたであろう？」

と言うと、彼女は顔を真赤にしてさしうつ向いた。こっちへ、もっと参れと、脇坂はすすめて、小声になって何か細々《こまごま》と言い含めた。娘は、うなじを垂れて聞き入っていたが、ときどき、真剣な眼つきをしてうなずいた。

大奥年寄瀬山《せやま》のもとに、お末の女中として初奉公したたみが、お蘭《らん》と名が改まったと手紙に書いてきたのはそれから一ヵ月の後であった。

十日たち、二十日経った。

大奥へ奉公に上ったお蘭のたみからは、何の報告も無かった。

「五兵衛、まだ、何も報らせて来ぬか？」

と、脇坂淡路守は待ちかねていた。

「まだ、何とも」

いくら寺社奉行でも大奥の様子はよく分らなかった。じれながら待っていると、一ヵ月も経った頃、ようやくたみから密書が届いた。

それによると、

「感応寺には大奥女中からの寄進が絶えない。誰も感応寺には参詣をしたがっているが、女中衆も容易に出られないようである。しかし、何かと理由をつけて、誰かが参詣している。上様（家斉）は殊のほかご信仰のようで、林肥後守様、水野美濃守様、美濃部筑前守様、中野播磨守様などは、感応寺を寛永寺や増上寺なみに将軍家の菩提寺にしたいなどと申されているようで、女中衆の間には、大へん人気がある」

と、大体このような意味が書いてあった。

脇坂は、それを読むと、

「さては」

と思いあたった。林は若年寄で一万三千石、水野は御側衆で五千石、美濃部、中野は同じく八百石で、いずれも将軍家のお気に入りである。彼らが家斉の機嫌をとって飛んでもないことを焚きつけているらしい。大奥の人気も、それで得ているのだ。

「これは、今のうちに何とかせねば」

と、脇坂淡路守はいよいよ決心した。

## 三

このうち、中野播磨守というのは隠居して石翁《せきおう》といった。芝居でする河内山宗俊《こうちやまそうしゅん》の後楯であった。

わずか八百石の石翁が諸大名を恐れさせていたのは、彼の養女が家斉の一番の気に入り中臈お美代《みよ》の方であったからだ。

お美代の方の本当の実父は、日啓《にっけい》という法華宗の住職であった。その娘が美しいので、中野石翁が貰いうけて養女とした。中野には企みがあったのだ。適当な時に大奥に出して、家斉の眼に止らそうというのであった。この計略は奏効して、見事家斉の愛妾二十一人のうちの第一の寵愛をうけた。お美代の方のすすめで家斉は法華宗を信心するようになった。それで大奥女中も競って法華信者になったのである。

いつの世にも権力者に媚びる側近がいる。家斉の周囲は林、水野、美濃部、中野といったへつらい者で固めている。

「大奥を粛清するには、この側近を斥《しりぞ》けねば」

と脇坂淡路守安董は思うのだが、それは一寺社奉行の手に負えない。さりとて大奥に直接手を下すことも出来ない。

一体、寺社奉行というのは直接の部下がなかった。そこが南北町奉行と違っていたことに、今度の事件のような特殊なものを手がけようとするなら、なみ大抵のことではない。彼が、五兵衛の娘、たみを大奥へ入れたのはいわば密偵であった。

たみは、年寄付のお末であるから、又ものである。それに秘密を探らせるのは迂遠のようだが、年寄瀬山が大の法華信者であるから、彼女の身辺に居れば、全貌が分るという策略であった。

こうして、また二十日ばかり経った。

たみの報告の密書がまた届いた。

「旦那様（彼女の主人、年寄瀬山）は月一回ご参詣になる。お帰りは、たいてい夕景である。このお供についてゆく女中衆の志願は大変である。争って申し出るので、旦那様は、その人選に困惑されるほどである」

なぜ、女中どもが争ってお供を志願するか。加持祈禱のための参詣としては、時間が長すぎる。脇坂の疑惑はここにかかったが、その内容までは、たみにはまだ探れなかった。

それから約一ヵ月ばかりが無為に経《た》った。

たみの密書が届いた。

「女中衆は、感応寺の住職日詮《にっせん》の話になると有頂天である。この世にあのような有徳な僧は居ないそうである。しかし、その有徳さは無論、法力ばかりではない。どうやら、寺には有徳な僧がたくさん居りそうである」

女たちが、日詮という坊主に騒いでいる心理は、脇坂には、よく分った。憎いのは、そういう女どもを手玉にとっている日詮だ。おのれ今にその面皮《めんぴ》を剝《はが》してくれる、と脇坂は唇を嚙んだ。

大奥に上れば、月に一度の宿下りがある。しかし、お末は又ものであるから、そんな定まった決めは無い。年寄の部屋子であるから、いわば私用人に過ぎなかった。それでも、四十日目くらいには一回、旦那様の意志によって宿下りがあった。

その時、人目にかくれて、たみは脇坂淡路守の役宅に上った。直接のことになると、何かと話が多い。脇坂もいろいろなことを細かく質問した。

「その方に覚悟して貰わねばならぬ。すべて断罪は確証が必要じゃ。よいか」

その時、脇坂が彼女に何を求めたか、あとで分った。たみは赫《あか》い顔になったが、深く頭を下げた。それはもう決心をしているという、うなずき方であった。

そのことがあってから、さらに何ヵ月かたった。何ヵ月というのは長い時間のようであるが、それだけを要する時間の経過であった。

長い密書が脇坂の手許に届けられた。それは脇坂が最も知りたがっている感応寺と大奥女中との醜聞だった。

感応寺の坊主が、どのようにして、いわゆる加持祈禱をするか、大奥の女中どもが、それをどのようにして有難く受けるか、こまごまとしたことが、寺方の人名と大奥の女中衆の名前と共に、はっきりと書かれてあった。

それは何処から出た材料か。誰から聞き得たか。脇坂には分るのだ。

そんなことは誰も口外はしない。知るとしたら、たみ自身が身をもって探った結果であった。

「大奥の女中衆は」

とたみは密書に認《したた》めた。

「大そう嫉妬が深うございます。それなのに今まで少しも感応寺のことで争いが起らぬのは、お互いが秘めごとを知り合っているからです。つまり、自分だけが独り占めをしようという気持はなく、みんなで罪を分け合っているからでございます」

——みんなで罪を分け合っている。

脇坂にはこの一句の意味が殊更に胸にきた。

ここまで事実を探り出すためには、たみ自身がその或る罪をすでに知っていることであった。

# 四

それから、こういう報告も来た。

「感応寺に祈禱のために出す衣類は、長持に詰められるのですが、近頃では衣類調度ではなく、人間が入ります。大奥の女中衆が、代る代る長持の中に忍んで、お寺に担ぎ出されるのです。お広座敷の戸錠口には添番衆が居られますが、今まで一度も長持を開けて、改めて検べたことはございません。そうわたくしに教えてくれた人がありますす」

一体、添番は日々、出役して出口を固めているのだから、出入の長持、葛籠《つづら》などは、容器を問わず、目方十貫目以上のものは中身を実検しなければならないことになっていた。それが、そういうこともなく、形式的になったと見える。いや、彼らはわざと形式を装っているのだった。大奥という巨大な勢力に彼らは威圧されているのだった。

脇坂安董は、杉山重兵衛の話を思い合せ、はじめて皺の深かった顔に笑いが泛《うか》んだ。彼は、やっと事件の突破口を見つけたのであった。

脇坂は寺社奉行であるから、大奥の取締については口を出すことは出来ない。

しかし彼は大目付土屋《つちや》相模守に厳重に抗議した。

「近ごろ感応寺に大奥より加持祈禱のためと称して頻《しき》りと長持が搬び入れられる。拙者の調べたところでは、これには生きた人間が入っている。一体、添番衆は出入の物品検閲の役目を果しているのだろうか」

目付の土屋も当惑した。彼も薄々、大奥と寺の醜聞はきいているから、さることは無しとは断言が出来ない。彼もことなかれ主義で過してきた男であるが、寺社奉行から正面切って捩じ込まれては、もう不問に付すことは出来なくなった。

それでは、明日、立ち会って検査いたそう、ということになり、秘密のうちにその打合せが出来た。

翌日、何も知らない大奥からは、いつものように七ツ口から、大きな長持が女中たちの手で運び出されてきた。

「お待ちなされ」

と添番が制《と》めた。いつもなら、「通らっしゃい」というのだが、今日は様子が異うので女中どもは、ふと、添番の背後を見て、はっとした。土屋目付が苦い顔をして立っている。

「少々、重いようだが」

と添番は、後ろの土屋を意識しながら役目を実行した。

「中身は？」

「はい、瀬山様より、感応寺への祈禱の調度でございます」

女中は声を慄わせた。

「重い」

と添番は無情に言って、長持の端を抱え上げた。なかで、生きものが動くような音がした。

「重いから、役目によって改めます」

それだけは、といいたげな、声のない抗議が女中たちの間から上った。みんな蒼い顔になっていた。

添番が蓋に手をかけて開けた。予期はしていたが「あッ」と棒立ちになった。長持の底には、美しい衣裳を着た女中が一人、草のような顔をして慄えている。大目付土屋相模守が、苦虫を噛んだような顔になった。――

感応寺の一件は、この動かぬ証拠で、脇坂安董の検挙となった。

住職日詮はじめ、多数の坊主が、死罪、遠島の裁断をうけた。しかし、相手方の大奥女中は咎人を出さなかった。が、さすがに年寄瀬山は引退し、多数の女中の宿下りがあった。

大奥女中を正面から弾劾《だんがい》出来ないところに、不徹底さはあったが、一寺社奉行としては、再度に亘ってよく粛清の手を尽した方である。これ以上は、大奥という怪物に対しては、不可抗力であった。

しかし、脇坂淡路守は、やはり、無事には済まなかった。彼はその事件があってからほどなく死亡した。

彼は外で会食して腹痛を起し、典医を呼んで、その処方した薬をのんだが、半時とたたぬうちに、苦悶し、吐血して果てた。

息を引き取るとき、

「水野に――」

と一言《ひとこと》いった。

水野は御側衆水野美濃守のことである。家斉のお茶坊主的存在であり、大奥女中の人気をつなぐことに一生懸命な男であった。

たみは感応寺事件のすぐあと、宿下りしたが、そのまま髪を剃った。彼女が尼になったことで、どのような手段で脇坂安董のために働いたか、判るのである。

# 藤尾の局《つぼね》

宇江佐真理

## 宇江佐真理《うえざまり》（一九四九〜二〇一五）

北海道生まれ。函館大谷女子短期大学（現・函館大谷短期大学）卒。OLを経て主婦になる。一九九五年、「幻の声」でオール讀物新人賞を受賞してデビュー、同作の主人公・伊三次の活躍は『髪結い伊三次捕物余話』としてシリーズ化され、著者の死で中絶するまで書き継がれた。庶民の情感を活写する市井人情ものを得意とし、『深川恋物語』で吉川英治文学新人賞を、『余寒の雪』で中山義秀文学賞を受賞。二〇一四年、乳癌であると告白、ユーモアを交えた闘病記「私の乳癌リポート」は反響を呼んだ。病床で執筆された新聞連載『うめ婆行状記』は、故人の遺志により未完として終了した。

一

「ささ、お内儀《かみ》さん、お嬢さん、お早く！」

番頭の寿助《じゅすけ》の声が切羽詰まっていた。お利緒《りお》と母親のお梅《うめ》は母屋《おもや》と繋《つな》がっている店蔵の中に急いで入った。

二人が店蔵に入った途端、寿助は重い扉を閉じ、錠前をがちゃりと掛けた。店蔵の扉が閉じられると、内所《ないしょ》の喧噪《けんそう》もそれとともに遮られた。お利緒はようやくほっとしてお梅の顔を見上げた。

お梅はすぐに「梯子段《はしごだん》を上りましょう。座れる場所があるはずですよ」と、お利緒を促した。お利緒はお梅の先になって狭い梯子段を上った。

両替商「備前屋《びぜんや》」は浅草・御蔵前《おくらまえ》に店を構える間口六間半の堂々とした店である。主《あるじ》の清兵衛《せいべえ》は今年、五十五歳になる。その妻であるお梅は三十九歳で、清兵衛とはひと回り以上も年下だった。お梅は清兵衛の後添《のちぞ》えとして備前屋に迎えられ、お利緒を生んだ。清兵衛には先妻との間に息子が二人いたが、娘がいなかったのでお利緒の誕生を大層喜んだ。

しかし、お梅と息子達の仲は芳《かんば》しくなかった。先妻のおまさは病で亡くなっていた。

清兵衛がおまさの一周忌を待たずにお梅を家に入れたことで息子達と確執ができたのである。

清兵衛の愛情がお利緒にすっかり移っている様子も、息子達の恨みを募《つの》らせることになったようだ。二人とも酒乱のくせがあった。酔っては暴れた。清兵衛は息子達の暴力に業を煮やし、店はお利緒に婿を取って継がせる、お前達は勘当だと、なにがしかの金を渡して家から追い出してしまったのである。

しかし、それで収まりがつく訳がない。息子達は懐が寂しくなると備前屋を訪れて小遣いを無心した。二人とも職に就いている様子はなかった。清兵衛が金を出すことを渋ると二人して暴れた。一度は匕首《あいくち》を忍ばせて来て、危うくお利緒は怪我《けが》をするところであった。酒気がなくなれば冷静さを取り戻すので、とにかく二人を寝かせておとなしくさせるまで清兵衛と番頭、手代が、あの手この手で宥《なだ》めるのである。

お梅とお利緒が傍《そば》にいると尚更《なおさら》息子達は興奮した。それで、息子達がやって来た時は慌てて人目につかない場所に母と娘は隠れるのだった。前の時は納屋《なや》に隠れたが、そこはすぐに見つけられてしまった。お梅は長男の清吉に腰を蹴飛《けと》ばされ、しばらくの間、歩くこともできなかった。今度二人が来た時は店蔵に隠れるようにと前々から手筈《てはず》を調《ととの》えていた。それが今日になった。

梯子段を上って行くと、高張り提灯《ぢょうちん》や掛け軸、塗りの膳などが目についた。それ等は壁際の棚にきちんと並べられてある。床には長持ちなども置かれていたが、板の間の中央にようやく座れる場所があった。店蔵で必要な物を取り出す時、そこに座って中身を確認するのである。傍には燭台《しょくだい》も置いてあった。梯子段の上は芝居小屋の二階桟敷《さじき》のようになっていて、落っこちない用心のために竹の桟が回してある。そこから下を覗《のぞ》けば、店蔵の階下の様子が見渡せた。階下にも古い箪笥《たんす》や螺鈿《らでん》の違い棚、挟み箱などが置いてある。商売柄、頑丈な銭箱も積み重ねられていた。

「かかさま、燭台に火を点《つ》けましょうか？」

十二歳のお利緒は母親に訊《き》いた。店蔵の中は閉め切っているせいで確かに仄《ほの》暗かったが、灯《あか》り取りの窓から弱い陽射《ひざ》しが微《かす》かに差し込んでいた。

「いえいえ、まだ陽の目がありますゆえ、灯りを点けるのはもう少し後に致しましょう。ここは燃える物ばかりで火事でも起こしたら大変ですから」

お梅は用心してそう言った。

「兄さま達、おとなしく帰ってくれるかしら」

お利緒は独り言のように呟《つぶや》いた。そろそろ晩飯という時分に兄達が現れたので、食べるのはいつもより遅くなりそうだった。もしかしたら朝までこのままかも知れないと、お利緒は思った。

「今日は格別に御酒《ごしゅ》を召し上がっていたようですから、どうでしょうねえ」

お梅は他人事のように応えた。その表情は特に心配しているふうでもなかった。毎度のことでお梅はすっかり慣れっこになっているようだ。しかし、お利緒は兄達が訪れると、相変わらず煩わしさと厭《いと》わしさを覚えた。

お利緒はいつも母親について不思議に思うことがあった。お梅は決して腹を立てない。高い声など聞いたこともなかった。二人の息子に罵声《ばせい》を浴びせられても「落ち着いて下さいませ。ゆっくりとお話を致しましょう」と、悠長に応えるだけであった。そんな母親がお利緒には歯がゆかった。反対にお利緒は甲高い声で、「兄さまなんて、大嫌い！」と何度も叫んだことがある。そうすると兄達は尚更、烈火のごとく怒った。

お利緒は後でお梅にやんわりと説教を喰うことになる。

「御酒を召している殿方には何を言っても無駄です。余計なことを言えば火に油を注ぐことになるのですよ」

お利緒はお梅の言葉に殊勝に肯《うなず》くものの、兄達がやって来て暴れると、やはり叫びたい衝動に駆られた。

「今日は長丁場になりそうですね。旦那さまがうまく取りなして下さるとよろしいのですが」

お梅はそう言って、袂《たもと》からお利緒の好きな最中《もなか》を取り出して膝の前に置いた。

「まあ、かかさま。いつの間に？」

お利緒は感心した声で訊いた。

「咄嗟《とっさ》に袂に入れておりましたよ。でも、お茶はありませんから、ゆっくり召し上がれ」

お梅はお歯黒で染めた口許《くちもと》をほころばせて言った。眉《まゆ》の剃《そ》り痕《あと》が青い。引っ詰めの丸髷《まるまげ》には飴色《あめいろ》の笄《こうがい》がすっと挿《さ》し込まれているだけで、他に余計な飾りはない。御納戸《おなんど》色《いろ》の鮫小紋《さめこもん》の着物に媚茶《こびちゃ》の緞子《どんす》の帯を締めている。その装いは商家のお内儀として、さして目に立つものではなかったが、お梅の仕種《しぐさ》、言葉遣いは他の女房達と、どこか違っていた。

まず、その美しい立居振る舞い。加えて丁寧な物言い、穏やかな表情は備前屋の客の間でも評判になっていた。お梅は華道、茶道の心得があり、さらに琴、三味線をよくする。

和歌も詠み、手紙を書かせたら、それこそ誰もが感嘆の声を上げるほど麗しい字である。

それもそのはず、お梅は江戸城の大奥に十年近く女中奉公していたことがあったのだ。

お梅は京橋の呉服屋の娘だった。娘を大名屋敷に奉公に出すのは商家の誇りである。しかも、それが江戸城となれば、並の女中奉公とは訳が違う。お梅は大奥でよく勤め、老女藤尾《ふじお》を名乗っていた。藤尾の局《つぼね》であった。

お梅は御台様《みだいさま》の覚えもめでたく、そのまま一生奉公の覚悟を決めていた。ところが、実家の母親が病に倒れると、母親は一人娘のお梅をひどく恋しがるようになった。嫂《あによめ》がどれほど親身に看病したところで実の娘には敵《かな》わない。お梅は母親のために、とうとうお暇を願い出て実家に戻り、看病に専念した。

しかし、母親はお梅の看病の甲斐《かい》もなく、それから半年後には亡くなってしまった。お梅が傍にいることで安心したせいか、さほど苦しまず、眠るように逝った。それがお梅のせめてもの救いになった。

母親が亡くなると、俄《にわか》にお梅の今後の身の振り方が問題となった。店は兄の藤兵衛《とうべえ》が跡を継いで何んの心配もなかったが、母親の看病が終わると、途端にお梅は何もすることがなくなり途方に暮れた。嫁に行くにも御殿奉公が仇《あだ》になって二十七と薹《とう》も立っている。おいそれと嫁ぎ先はなかった。

清兵衛との縁談が持ち上がったのは、その頃である。清兵衛の母親は実家の店を贔屓《ひいき》にしていた客の一人であった。清兵衛の母親も若い頃は水戸様に奉公していたという。

藤兵衛がお梅のことを何気なく話題にすると、清兵衛の母親は息子の後添えにどうであろうかと水を向けて来た。藤兵衛はその話に飛びついた。その機会を逃してはお梅が行かず後家で終わると思ったのだ。

そうしてお梅は、ろくに清兵衛の顔も知らないまま、慌ただしく備前屋に輿入《こしい》れしたのである。近所の人々はお梅が備前屋に持ち込んだ花嫁道具の多さに驚きの表情を隠さなかった。御台様より拝領した道具の数々は、お梅の前身を嫌《い》やでも物語っていた。しかし、それ等の高価な道具も今は店蔵の中で眠っていて滅多に使われることはなかった。

渡りに舟のような縁談ではあったが、清兵衛は思いの外、よい夫であった。夫婦仲も睦《むつ》まじく、お梅は嫁いだ翌年にお利緒を生んでいる。そのまま幸福な暮しが続くものと思っていたが、やはり生《な》さぬ仲の息子達のせいでお梅は苦労を強《し》いられることになった。

清兵衛の母親が生きている内は、それでもまだましな方だった。姑《しゅうとめ》が寄る年波に勝てずあの世に旅立つと、息子達は堰《せき》が切れたように乱暴狼藉《ろうぜき》を働くようになったのだ。

お利緒は兄達が何を言っても、何をしてもお梅が怒ったりしないので増長しているのだと思っていた。ぴしりと言ってやればいいのにと、いつも思う。

「どうして兄さま達はお酒を飲むと暴れるのかしら。普段はお利緒、可愛いなあと言ってくれることもあるのに……」

お利緒は最中の端をひと口齧《かじ》ると言った。

唐人髷《とうじんまげ》の頭はお利緒によく似合う。目鼻立ちは清兵衛に似ているが、顔の輪郭はお梅と同じ細面だった。藤兵衛は商売柄、お利緒によさそうな反物を見つけると、いそいそと届けてくれる。お利緒は周りの者に可愛がられていた。物怖《ものお》じしない性格のせいかも知れない。

「可愛いとおっしゃったのは清吉さん？　それとも清次郎《せいじろう》さん？」

お梅は興味深そうな顔でお利緒に訊く。

「二人ともよ」

お利緒は得意そうに小鼻を膨らませた。

「清吉兄さまはあたしに、いちまさん（市松人形）を買って来たこともあったでしょう？　ととさまはそれを見て、どういう風の吹き回しだろうと皮肉をおっしゃったから、また喧嘩《けんか》になったのよ。かかさまも憶えておいででしょう？」

せっかくお利緒のために買って来た人形は長男の清吉が自棄《やけ》を起こして頭の毛を毟《むし》り取ってしまい、無残な姿になった。お利緒は「お人形がお坊さんになっちゃった」と言って清兵衛を苦笑いさせた。

「兄さま達はお利緒を憎くはないのですよ。だってきょうだいですものね。わたくしだけが憎いのです。兄さま達から大事なととさまを奪ってしまった女ですから。わたくしのとばっちりがお利緒まで及んで、申し訳ないことだと、いつも思っております」

お梅は律儀に娘に頭を下げた。お利緒は慌てて、そんな母親の手を取った。

「やめて、かかさま、そんなことをなさるのは。かかさまに非はないのですから。悪いのは兄さま達ですよ」

「いいえ、兄さま達の気持ちを考えると、それも無理はないと思うことがありますよ」

「お人のよい。だからかかさまは兄さま達に見くびられるのよ」

「おやおや、お利緒は威勢のよいことを言いますね」

お梅はそこでおかしそうに鈴のような声で笑った。

「あたしは御蔵前生まれの御蔵前育ちですからね。気《き》っ風《ぷう》だけはいいのですよ」

「なるほど……」

お梅は感心したように言ったが、眼は笑っている。

「あら、からかっているのね。あたし、もう少し大きくなったら兄さま達なんて追い払ってやるわ。小太刀《こだち》のお稽古《けいこ》を始めたのはそのためですもの」

ている。お利緒は意気込んで言った。お利緒が七歳の時から近くの道場に剣術の稽古に通っているのは本当だった。師匠から筋がいいと褒《ほ》められている。

「剣術の腕を上げて兄さま達をやっつけてやると、本気で思っているの？」

お梅は眉間《みけん》に皺《しわ》を寄せた。

「ええ、そうよ」

「そういう了簡《りょうけん》ならばおやめなさい」

お梅の声がその時だけ厳しかった。お利緒は眼をしばたたいて母親の顔をまじまじと見つめた。お梅は淡々と言葉を続けた。

「意地悪をされたからと言って、その報復をしようなどと考えてはいけません」

「なぜです？」

「そのようなことは、よい結果になりません」

「でも、かかさまは兄さま達にいいようにされるばかりではありませんか」

「あの二人はまだ若いのです。世の中のことも何もわかっていないのです。もう少し年を取って分別ができ、お嫁さんでも迎えれば、きっとお店のことも、わたくしのこともわかってくれるはずです」

「わかるものですか。ますますのぼせる一方ですよ。あたし、悔しくって夜も眠られないことがあるのよ。兄さま達を竹刀《しない》でやっつけてやったら、どんなに胸がすっとするでしょう」

「その後は？」

お梅はお利緒の顔を覗き込んで訊いた。

「え？」

「その後はどうなるのです？　あなたが兄さま達を竹刀で打ちのめした後のことですよ」

「し、知らないわ……」

「もしも兄さま達がひどい怪我をしたら、どうするつもりですか？」

「かかさま、あたし、怪我などさせないわ」

お利緒は口を返したが声音は弱くなった。

「打ちどころが悪くて、もしもの事態になったら？」

お梅は脅すように続けた。

「そんな、かかさま。そんなことあるものですか」

お利緒は慌てて言った。

「いいえ。この世は何が起こるか知れたものではありません。短慮はいけません」

お梅の言葉にお利緒は少しの間、黙った。

しかし、お梅の言葉に納得した訳ではなかった。やはり兄達をやり込めたいという気持ちは変わらなかった。

「かかさまはあたしと違うのよ。かかさまは人を恨んだり妬《ねた》んだり、まして仕返しをしたことなどないお人ですもの」

お利緒は首を俯《うつむ》けたまま低い声で言った。

「そんなことはありませんよ。わたくしも人間です。恨んだことも妬んだことも、仕返しをしたこともあるのですよ」

「いつ？　いつです」

お利緒は母親の手を再び取って強く握った。

「わたくしがお城で奉公していたことは知っておいでだね？」

「はい、存じております」

「その時、わたくしは意地悪をしたお女中に思い切り仕返しを致しました……でも、そのことがいつまでも胸の中にしこりとなって残っているのです。あんなことはしなければよかったと」

「話して、かかさま。どうぞ、その話をあたしにして」

お利緒は縋《すが》るようにお梅に言った。

「あれはねえ……御代参のお役目の時でした」

お梅はようやく燭台に火をともした。それから、小さな窓に視線を向けて、それより向こうの、ずっと向こうの過去に思いを馳《は》せるような眼になった。四角に区切られた夜の空に卵色の三日月が飾りのように光っていた。

二

江戸城大奥は敷地六千三百十八坪と、本丸の半分以上を占める場所である。そこはおおよそ三つの区画に分かれていた。

御殿向《ごてんむ》き、長局向《ながつぼねむ》き、御広敷向《おひろしきむ》きである。

その内、御広敷向きは警護の役人も詰めているので、女ばかりの園と言えない。いわゆる大奥と呼ぶのは御殿向きと長局向きのことを言う。表御殿を中奥と呼ぶので、それより北にある御殿向きと長局向きを大奥としたのだろう。御殿向きには御台様が住み、さらに北に細長く長局向きがあった。

長局向きには最も最下級の女中である御半下《おはんした》から、最高の上臈《じょうろう》・御年寄まで、五百人ほどの女性が住んでいる。

大奥の女中奉公に上がるのは普通、武家の子女が選ばれた。奉公に上がることは行儀見習いも兼ねていて、奉公を退《の》いて実家に戻った暁に縁談が持ち上がると有利な条件ともなる。お梅は実家が大店《おおだな》といえども商家である。

慣例からすれば、とても女中奉公など叶《かな》わぬことだった。しかし、実家の母親の弟が故あって小普請《こぶしん》組支配の家に養子に行っていて、お梅が母親の用事でたまたまその家を訪れた時、叔父が女中奉公の話を持ち出したのである。御広敷の役人から女中奉公に相応《ふさわ》しい娘はいないかと頼まれていたせいもあった。

その御広敷の役人はさらに大奥の老女から内々に頼まれていたらしい。

叔父は、習いごとに熱心で、芯《しん》の強そうなお梅を見込んで推薦する気になったらしい。

お梅の母親は奉公に上がって婚期を逃すことを恐れていたようだが、叔父の熱心な勧めにとうとう根負けしたのである。奉公に上がる時、お梅は形だけ叔父の養女となった。

お梅が最初に就いた役目は御錠口《おじょうぐち》だった。

上様が小姓に送られて御錠口まで来ると紐《ひも》を引いて鈴を鳴らすのである。そして夜間は銅の差錠を下ろす。鈴を鳴らす役目だけと言っても、上様の御成《おな》り以外に鈴が鳴っては大変なことになる。それはそれは気を遣う仕事である。お梅はここでよく勤めた。お梅の真面目《まじめ》な仕事ぶりと、立居振る舞いの上品な様子に目を留めた御年寄の亀岡《かめおか》が、お梅を御客応答格《おきゃくおうとうかく》に引き上げたことから、お梅の身辺が俄《にわか》に変わってきた。それは異例の抜擢《ばってき》とも言える。御客応答格は大奥に訪ねて来る御三家、御三卿の接待、その他、上様の御親戚《ごしんせき》、御台様の御親戚の接待が主の重要な役目だった。お梅はここでも一所懸命に勤めた。

そして奉公に上がって八年目には大役の御年寄を命じられたのである。御年寄は老女と称し、また、お局とも呼ばれた。幕閣にたとえるなら老中とも言うべき立場である。

御台様の衣裳や毎日の食事の配膳、芝や上野の将軍家菩提寺《ぼだいじ》の代参など、さらに重い役目が多くなった。

お梅は朋輩《ほうばい》の女中達から羨《うらや》ましがられた一方、妬まれもした。無理もない。元をただせば商家の出。その卑しい身分で御年寄まで昇ったのだから、かなり陰湿な苛《いじ》めも受けた。

しかし、大奥に上がって苛められるのが辛《つら》いの、意地悪が辛いのと弱音を吐くのでは、どだい話にならないものがあった。そのような者に女中奉公の資格はない。

奉公に上がった最初の年などは、御台様の見ている前で大きな声で唄《うた》をうたわなければならない。古参の女中が「さあ、おうたい、さあ、おうたい」とはやし立てる。下手でも何んでもやらなければならない。恥ずかしさに身が縮むような気がした。お梅と一緒に奉公に上がった小普請組の娘などは泣きながらうたっていた。古参の女中はそれがおかしいと大いに笑うのである。気が強くなければとても勤まらない。お梅はそういう辛抱を堪えて出世したのである。

藤尾の局となったお梅に年一回の代参の役目が廻って来た。御台様の名代《みょうだい》として芝の増上寺に参拝に訪れることだった。その日ばかりは葵《あおい》の御紋つきの裲襠《しかけ》を着て、御台様と同等の立場で過ごせるのである。晴れがましい気持ちと一緒に緊張も強いられた。決して粗相があってはならない。代参の仕度も並大抵ではなかった。

いよいよ代参の前夜。夜の内から侍女に髪を梳《す》かせ、衣裳を準備した。化粧に使う湯は御守殿《ごしゅでん》火鉢の上で沸かし、翌朝、起きてすぐに間に合うように用意させてお梅は床に就いた。

夜の大奥では御火《おひ》の番《ばん》が廻って来る。

「御火の番、御火の番、しゃっしゃりませえ」と警告の声が御廊下に響く。

御火の番はおよそ二十名ほどが交代で廻っていた。お梅の代参があることは事前に知らせてあるので、夜は火の使用を禁止しているといえども、翌朝の化粧のために湯を沸かすのはやむを得ない。侍女の楓《かえで》と屋島《やしま》は、一旦《いったん》、湯を沸かすと炭に灰を被《かぶ》せた。灰を除けば火がすぐに熾《お》きる仕掛けになっている。物分かりのよい御火の番ならば心得て、そのまま行ってしまう。しかし、その夜の御火の番は格別に意地の悪い青柳《あおやぎ》という女中だった。お役目を盾に、たとえ代参だろうが何んだろうが容赦しないことで有名だった。

何日も前から御火の番は青柳でなければよいが、と楓と屋島は案じていた。運の悪いことに、その青柳がよりによって廻ってきていた。

「御火の番、御火の番」

青柳の声がお梅の部屋の外から聞こえた。

楓は襖《ふすま》越しに「よろしゅうございまする」と応えた。しかし、青柳はその場に立ち止まったまま動く気配がない。床に就いているお梅も息を詰めるような気持ちで青柳が行ってしまうのを待った。楓と屋島の様子が違うと感じた瞬間、襖がからりと開けられた。青柳はそのまま、ずかずかと部屋に入って来たのだ。

「青柳様、お局様はすでにお休みです。どうぞ、お引き取り下さいませ」

楓は悲鳴のような声で懇願した。しかし、青柳は聞く耳を持つ様子がない。楓を押し退《の》け御守殿火鉢の前に進むと火箸《ひばし》で灰を掻《か》き回した。炭はそうされると、すぐに赤い炎を立てた。青柳が鼻先でふっと笑った様子が感じられた。何んの彼《か》んのと、これまでにも青柳には意地悪のされ放題であった。御廊下ですれ違いざま、裲襠の裾《すそ》を踏まれたり、御台様の膳を運ぶ時、わざとのようにぶつかって来て吸い物の椀を引っ繰り返されたり。そんな時でも青柳は決して自分の非を認めなかった。すべてお梅が悪いと言って譲らなかった。

青柳はお梅より十も年上だった。年季の浅いお梅が順調に出世しているのを内心でおもしろくないと思っていたようだ。誰もが青柳を恐れていた。下手に逆らって意趣返しをされるのが嫌やで、青柳に面と向かっては言えないのである。しかし、青柳に対する陰口はお梅もこれまで、ずい分とあちこちで聞かされていた。御台様も青柳に対しては当惑している様子であったが、御火の番の女中としては最古参であり、青柳がいなければ御火の番の女中達を纏《まと》める者がいないので、あまり強いことも言えずにいた。

「火が埋《い》けてありまする。これはどうした訳でございまするか?」

青柳は鬼の首でも獲《と》ったように楓を詰《なじ》った。

お梅は眠った振りをしていた。起き上がって言い訳したところで青柳には通じないと諦《あきら》めていたからだ。

「申し訳ございませぬ。すぐに始末を致しますゆえ、どうぞお引き取り下さいませ」

楓と屋島は畳に手を突いて深々と頭を下げた。しかし、青柳はそれで引き下がるような女ではなかった。あろうことか、いきなり湯沸かしの湯を御守殿火鉢の中にぶち撒《ま》けたのである。部屋の中にはもうもうと煙が立ち込め、至る所、灰だらけとなった。寝間で横になっているお梅の所にも灰が飛んで来て、せっかく梳いた髪も灰にまみれてしまった。

「以後、お気をつけあそばすように」

青柳は涼しい顔で部屋を出て行った。

「かかさま。それからどうなさったの？　御代参はおやめになったの？」

お利緒は心配顔で訊いた。寿助はなかなか迎えに来なかった。そろそろ五つ刻《どき》（午後八時頃）にもなっていようか。しかし、お利緒は母の話を熱心に聞いていたので少しも退屈を感じなかった。

「御代参はやめることなどできませぬ。御台様の代わりにすることですから。そんなことをしては御台様の体面を汚すことになるのです」

「それではお仕度の方は首尾よくできたのですか？」

「ええ。青柳が出て行ってから灰を払い、部屋の中を静かに拭《ふ》き掃除して、ひと晩中、後始末に追われました。楓と屋島は泣きながら後始末をしておりました。わたくしは二人を宥《なだ》めましたが、さすがにその時は青柳に対して腹が立って、腹が立って……」

お梅はその時のことを再び思い出したように溜め息の混じった声で応えた。

「青柳という女中、嫌やな人。竹刀でやっつけてやりたい！」

お利緒も甲走《かんばし》った声になった。

「わたくしも、あの時ほど頭に血が昇ったことはありませんよ。それに比べたら、兄さま達の乱暴狼藉など罪がなくて可愛いものです」

お梅はふっと笑った。ああそうなのか、とお利緒は合点がいった。確かに、大奥でお梅が意地悪されたことに比べれば、兄達のすることなど取るに足らないことに思えた。お梅が、兄達の乱暴にさほど困った様子を見せなかったのは我慢していたのではなく、心底こたえていなかったからだった。お梅はそれだけ肝《きも》の座った女であったのだ。

「それからどうなさったの？　続きを話して」

お利緒はお梅の話を急《せ》かした。

「とうとう前夜は一睡もできませんでした。夜も明けぬ内から仕度をして、どうにか御代参の準備を調えたのです」

「よかった」

お利緒は安心して思わず掌《て》を打った。

「翌朝、御台様にご挨拶を済ませ、駕籠《かご》が待っている御玄関に向かいました」

一睡もしていないのに、お梅は不思議に眠気を感じなかった。青柳に対する興奮が収まっていなかったせいだ。御廊下の両端には見送りのための女中達が一斉に頭を下げて並んでいた。何しろ、その日ばかりは御台様と同等の立場。誰に対しても遠慮は無用だった。

お梅は静かに御廊下を進んで行きながら青柳の姿を捜していた。青柳は御廊下の曲がり角の所に殊勝に控えていた。

お梅は歩みを進めながら自然に青柳の方に近づいていった。青柳の傍に来た時、お梅は裲襠を捌《さば》いた。裲襠の裾がふわりと青柳の頭に被さった。青柳は片外《かたはず》しに結った髷に長い鼈甲《べっこう》の笄を挿していた。お梅は裲襠の裾をわざとその笄に引っ掛け、ついで、ぐいっと手前に強く引いた。笄がパキンと折れる音が御廊下に響いた。女中達は驚いて何事が起きたのだろうと、こちらを見つめた。

「無礼者！　わらわに邪魔するか！」

お梅は怒りの言葉を青柳にぶつけた。青柳は青ざめた顔でお梅を見た。しかし、その日はお梅に対して切り返すことなどできない。

唇をわなわなと震わせてお梅を睨《にら》んでいるばかりだった。

楓と屋島はさらに震えていた。どんな意趣返しが来るのだろうと、その方を恐れていたようだ。お梅はそのまま、駕籠に乗って芝に向かい、滞《とどこお》りなくお役目を果たした。

「す、凄《すご》い、かかさま」

お利緒は驚いてお梅の顔を見た。お利緒は感動していた。

「でも、その後に青柳の報復があったのですか？」

お利緒はすぐに心配になって訊いた。

「何んの。あのおとなしい藤尾が、あれほど怒りを露《あらわ》にするのは仔細《しさい》があるに違いない。御台様と古参の御年寄の亀岡様が話し合われ、青柳の前夜の仕打ちがお耳に入ったのです。青柳はお役目を解かれ、お城から追い出されました。しかし、あの性格です。実家に戻ったところで親きょうだいに疎《うと》まれ、仕舞いには……」

お梅は伏目がちになった。

「どうしたのですか？」

「気が触れて座敷牢《ざしきろう》のような所で生涯を終えたそうです」

「……」

「わたくしのせいです。青柳のしたことは、なるほど意地悪も含まれていたでしょうが、あの方はお役目を忠実に実行されていただけで、わたくしの方が悪かったのですから。万一、火鉢の火で火事でも起こしたら大変なことになっていたかも知れないのです。そう思うと、あの方が気の毒で……青柳がいなくなってから小言を言う者がいなくなったせいか、御火の番の女中達にはぞんざいな振る舞いが目立ちました。わたくしは未だにそのことで後悔しておるのです。だからね、お利緒、短慮はいけませんよ。何事もよっく考えて行動するのですよ」

お梅はしみじみとした口調でお利緒に言った。

三

慌ただしく店蔵の錠が開けられた。

「お内儀さん、大変です。旦那様が怪我をされました」

寿助は泣きそうな声を上げた。お梅は燭台の火をふっと吹き消すと、お利緒に構わず梯子段を下りた。お利緒は途端に闇《やみ》の中に置き去りにされた。

「かかさま、待って。かかさま」

お利緒はすぐに母親の後を追った。

清兵衛は蒲団《ふとん》に寝かされていた。頭に布が巻かれていた。息子達と争った拍子に庭石に頭をぶつけたのだという。医者をすぐに呼びにやって手当をして貰《もら》った。

次男の清次郎は酔い潰《つぶ》れて畳の上に大の字になって眠っていたが、長男の清吉はすっかり酔いが醒《さ》めた顔で清兵衛の枕許《まくらもと》に座っていた。自分の膝頭を両手で摑《つか》んで俯《うつむ》いていた。

医者は気絶しただけだと言っていたが、大事を取って、しばらく寝かせておくようにと言って帰った。

「清吉さん、旦那さまに手を上げたのですか？」

お梅は俯いている清吉に声を掛けた。清吉は何も応えない。もう秋だというのに、清吉は単衣《ひとえ》のままだった。二十五歳の清吉からは荒《すさ》んだ暮しぶりしか窺《うかが》えなかった。

「今、旦那さまにもしものことがあったら、備前屋は終わりでございますよ。あなた方は小遣いの無心も望めませんよ」

お梅は努めて穏やかな口調で清吉に言った。

「そんなことはねェでしょう。お利緒に婿を取って店を継がせると親父は言いやした」

「何を馬鹿な。お利緒はまだ十二歳ですよ。婿の話になる前に備前屋が潰れてはどうしようもないじゃないですか。息子が二人もいるのに末娘に跡を継がせたとあっては客も離れて行ってしまうというものです。ここは清吉さんに性根を入れ換えて貰って店を継いでいただきたいのです。それがわたくしの本心です。あなたがしっかりしないから、清次郎さんも真似するのです」

「清次郎はどうすればいいんです？」

清吉は上目遣いでお梅に訊いた。その眼が酒のせいなのか、清兵衛が倒れた衝撃のせいか、赤かった。さすがに普段の勢いは鳴りを静めていた。

「清次郎さんはどこか同業のお店にご養子に行って、その店を盛り立てていただき、備前屋ともども身代を太らせるよう努力してほしいと思っております」

「親父が承知しやせんよ。親父はあんたにすっかり骨抜きにされちまっている。そんな親父を見るのは反吐《へど》が出るほどだ」

「それではわたくしがこの家から出て行けば、あなたも清次郎さんも改心して下さるのですか？」

「ま、そういうことです」

清吉は平然とうそぶいた。

「改心なんてするものですか！」

お利緒が堪《たま》らず声を張り上げた。

「なに？」

清吉はぎらりとお利緒を睨んだ。

「兄さまはぐうたらが骨身に滲《し》みついているのよ。たとえ、かかさまがこの家を出て行っても、ぐうたらは治るものか！」

お利緒は怯《ひる》まず口を利いた。清吉は手加減もせず、そんなお利緒の頰を張った。寿助が慌ててお利緒を庇《かば》った。

「お嬢さんに手出しをしないで下さい」

「ほ、お前《め》ェまでこの女に味方するのか？　御殿奉公して、何ほど偉いか知れねェが、その虫も殺さぬような仏面《ほとけづら》が気に喰わねェ」

「清吉さん、だからわたくしは出て行くと申しておるのです。でも約束して下さいね。きっと真面目にお店のために働くと。わたくしは備前屋が滞りなく商いを続けられるのなら喜んで身を引きます。ささ、お利緒、仕度をなさい。寿助、後のことは頼みますよ」

お梅は踵《きびす》を返して自分の部屋に向かった。

箪笥を開け、大きな風呂敷《ふろしき》包《づつ》みを取り出して拡《ひろ》げ、当座の着替えをその上に重ねた。耳には清兵衛の傍らにいるお利緒の泣き声が聞こえていた。

清吉がやって来てお梅の背中に畳み掛けて訊いた。

「本気なのかい？」

「本気でございます」

お梅は清吉の方は見向きもしないで応えた。清吉は溜め息をついた。

「さぞかし、おれ達が憎いことだろう」

「いいえ」

「嘘《うそ》つけ！」

お梅が振り向くと清吉の眼は三角になっている。ろくに髪結い床にも行かないので、月代《さかやき》にまばらな毛が生えている。それは清次郎も同じだった。もうひと暴れするのだろうかとお梅は身構えた。

「ここはあなた方のお家です。わたくしは元を質《ただ》せば他人ですから……」

「お利緒は妹だぜ」

「まあ、そう思って下さいますか。ありがとうございます」

「何んだよ、何んだってあんたは、そんなにいつもきどってものを言うんだ。本心ってものがねェのかい？　おい、お局さんよ。ちったァ、おれ達に本音を吐いたらどうなんだ」

清吉の言葉に苛々《いらいら》したものが含まれていた。

「本音を言えと？」

お梅はゆっくりと清吉に向き直った。

「ああ、そうさ。おれ達に人形のような母親はいらねェんでね」

「それでは申し上げましょう。備前屋は旦那さまの代で終わりでございます」

ずばりと言ったお梅に清吉は、つかの間、言葉を失った。

「せっかく築き上げた信用も財産も、あなた方が短い月日の内になくしてしまうでしょう。わたくしが今、出て行くのも、その時に出て行くのも同じことだと考えております。しかしながら、旦那さまにはお世話になりました。お利緒も授《さず》けていただいて、わたくしは曲がりなりにも女房の倖《しあわ》せを味わいました。それでたくさんでございます」

「あんたは先刻、改心して働けと言った。あれは何んだ？」

「お愛想でございます。あなた方に改心するおつもりなど毛筋ほどもないとお見受け致します」

「……」

「さあ、これでわたくしは本音を申し上げました。備前屋を煮て食べようとどうしようと、あなた方のお気に召すままに……そこをおどきなさい。わたくしもならず者の息子と縁を切ることができてほっとすることができましょう」

お梅は風呂敷包みを縛ると清吉の横をすり抜けた。

「あんたは、やっぱりおれ達が憎いんだ」

清吉は捨て台詞《ぜりふ》を吐いた。

「あなたこそ、わたくしが憎くてたまらないのでございましょう？　わたくしがこの備前屋に来て、二人の息子の母親になった時、亡きお母さまの分まで、あなた方を愛《いと》しもうと考えておりましたのに、あなた方はわたくしの気持ちも知らず、悪態の数々……わたくしは心から疲れましたよ。お母さまには申し訳ありませんが、お役目をご辞退させていただきます」

茶の間に行くと、お利緒が目を醒ました清次郎に何やら喰って掛かっていた。

「お利緒、おやめなさい。さあ、京橋へ参りましょう」

「いや！　あたしは備前屋の娘よ。京橋になんて行かない」

お利緒は必死の形相でお梅に訴えた。

「怪我をしたととさまをこのままにしておけない。行くのならかかさま一人でおいでになって」

「そうだよな。お利緒は備前屋の娘だ。京橋に行く筋合いはねェわな」

清次郎もお利緒に加担している。初めてきょうだいが心を一つにしているとお梅は思った。

「それではわたくしが一人で出て行きます」

お梅は低くそう言って、裏口に廻り、履物に足を通していた。

## 四

京橋の兄には、息子達の狼藉に疲れたので、しばらく骨休みがしたいと言った。余計な心配をさせたくなかった。兄の藤兵衛はそんなお梅をねぎらうように、好きなだけいたらいいと言ってくれた。備前屋の事情をろくに知らずにお梅を嫁がせたことで、兄は負い目を感じていた。突然、お梅が戻って来ても悪い顔はしなかった。

お梅はどうして清吉に対し、あんな言い方をしてしまったのか後悔していた。売り言葉に買い言葉の応酬で、弾みで飛び出したようなものだ。藤尾の局でいた頃の思い出話が尾を引いたような気がする。代参の事件以来、お梅は憤《いきどお》りというものを感じたことがなかった。清吉とのやり取りで、お梅は久しぶりに自分の本心をさらけ出した気がした。母親として、そんな自分を恥じていた。

京橋に来て十日が経《た》った頃、お利緒が顔を見せた。お利緒はお梅を迎えに来たと言った。

「かかさま。ととさまの具合がすっかりよくなりましたよ。あたしが看病しましたから」

お利緒は半ば自慢気にお梅に報告した。

「怪我をしたととさまを置き去りにして、わたくしは悪い女房ですね?」

お梅は喉《のど》を詰まらせてお利緒に詫《わ》びた。

「あたし、兄さま達に御代参の話をしたのよ」

「まあ、そんなことを。どうしてですか」

お梅は訝《いぶか》し気にお利緒に訊いた。

「兄さま達はかかさまが決して怒ったりなさらない人だと思っていたからよ。ううん、あたしもあの話を聞くまではそう思っていたから。そうしたら、兄さま達は大層、驚いて、かかさまもやるものだと感心していました。ととさまも、そんなことがあったのかと、御膳を一緒にいただきながらおっしゃっていたわ」

「ねえ、お利緒。あなたはととさまと兄さま達と一緒に御膳を上がったの？」

お梅は家族揃《そろ》っての食事が今まであまりなかったので不思議に思えた。

「ええ、そうよ」

「…………」

自分がいなければ家族はうまく行くのではないかと、ふと思った。

「かかさま。兄さま達はもうお酒はやめるそうですよ」

「…………」

「商いにも真面目に精を出すそうです。ですから備前屋に戻って下さいな」

そんなに簡単に事が運ぶものかと思った。

何年も二人の息子達には悩まされて来たのだから、お利緒の話をまともに信用することはできなかった。

「清吉兄さまは、備前屋はととさまの代で終わりだと言われたことが大層、こたえた様子ですよ」

「…………」

「ガーンと頭を殴られた気がしたと言っていたわ。そういうことなら、もっと早くにかかさまが言えばよかったのよ。ねえ、そう思うでしょう？」

「ととさまは兄さま達をお許しになったの？」

「いいえ。でも、一年、真面目にお店のために働いたら考えるとおっしゃっていたわ。当分、今まで住んでいた所からお店に通うそうですよ」

「お利緒、本当に本当？」

お梅はつっと膝を進めてお利緒に訊いた。

「もう、疑い深いのだから。お店の外に出てごらんなさいな。清吉兄さまが待っているわ。ここまであたしについて来てくれたのよ。手を繋いで来たの」

「待たせては申し訳ありません。お利緒、清吉さんを上げて下さいな。お茶の一つもお出ししなければ」

お梅は慌てて言った。

「あたしも、一緒に中に入りましょうと言ったのだけど、遠慮するって」

「……」

「だから、かかさま。早く帰り仕度をして下さいな。もう備前屋を出て行くなどとおっしゃらないで」

お利緒はお梅の手を取って揺すった。

「お梅、意地を張らずに戻るんだ」

説得するお利緒を不憫《ふびん》に思ったのか、藤兵衛が口を挟んだ。店座敷で客の相手をしていた藤兵衛は久しぶりに訪ねて来た姪《めい》が可愛くてしようがないのである。店を放り出して内所に顔を出していた。藤兵衛にも娘はいたが、すでに嫁ぎ、後は息子が残っているだけであった。

藤兵衛の言葉にお利緒は無邪気に訊いた。

「伯父さま、かかさまは意地っ張りなの?」

「そりゃあ、意地っ張りさ、お利緒ちゃん。何しろ、御殿で藤尾のお局さまだったぐらいだからね。並みの意地っ張りと訳が違う」

藤兵衛は冗談めかして応えた。

「兄さんったら……」

お梅は苦笑した。

「とにかく、清吉と清次郎が少しでも改心する気になったんだ。この機を逃しては、あいつら、またどんなふうになるか知れたものではないよ。清兵衛さんのためにも戻ってやるがいい」

藤兵衛は二人の息子を呼び捨てにしていたが、それは伯父としての愛情から出ていることだとお梅は感じていた。

「どうだろう。清次郎にその気があるのなら、うちの店に引き取ってもいいけどね。備前屋は両替屋だが、清次郎は次男坊だから違う商売になってもいいのじゃないか?

わたしも及ばずながら力になるよ」

藤兵衛は思いついたように言葉を続けた。

「兄さん、本当？」

お梅が眼を輝かせた。

「ああ」

お利緒がくすくすと笑っている。お梅は怪訝《けげん》な顔をしてお利緒を見た。

「何がおかしいのです？」

「かかさまったら、伯父さまの前ではまるで小さな子供のよう……」

「お利緒、幾ら年を取っても妹は妹なんだよ」

藤兵衛はお利緒に愛し気な眼をして笑った。

外に出ると清吉は向かい側の路地の塀に凭《もた》れて待っていた。お梅を見て気後れしたような表情を見せた。着物は相変わらずの単衣のままだったが、頭はきれいになっている。

「ご不自由をお掛け致しました」

お梅は清吉に丁寧に頭を下げた。

「いや、なに……」

清吉は小鬢《こびん》をぽりぽりと掻《か》いて照れ臭そうに言った。

「おや、まだ単衣かい。袷《あわせ》はないのかい？」

見送りに出て来た藤兵衛が気軽な口を利いた。

「面目ねェ。皆、質屋に行っちまいやした」

「そいじゃ、よさそうなのを見繕《みつくろ》ってやろう」

「お願いしますよ、兄さん。ついでに清次郎さんの分も」

お梅が畳み掛けるように言った。

「毎度ありがとうございます。お梅、ちゃんとお品代は払っておくれよ」

「伯父さま、しっかりしてる」

お利緒の声に藤兵衛は声を上げて笑った。

藤兵衛は御蔵前に帰る三人を長いこと見送っていた。

京橋からまっすぐ北に向かい、一石橋を渡った。堀の向こうに江戸城が見えた。

「あそこで十年も暮していたんですね？」

清吉はしみじみした口調で言った。

「さようでございます」

お梅も城に眼を向けながら相槌《あいづち》を打った。

「ずっと、あすこにいた方がよかったと思ってやしませんか？」

「そんなことはありませんよ」

「あすこにいれば、おれ達のようなろくでなしの息子の親にならずに済んだのに……」

清吉は足許の小石をつっ突いて言った。

「備前屋の商いを手伝う気になったというのは本当ですか?」

お梅の問いかけに清吉は大きく吐息をついた。

「二十五にもなってから商売を覚えて、間に合うもんでしょうかね」

「それは清吉さん次第だと思います。そういう気持ちになっただけでも、わたくしは嬉しいですよ」

「御代参の意趣返しは見事なもんでした」

「…………」

お梅は何んと応えてよいかわからず、黙ったままだった。

「敵《かな》わねェと思いやした。そんな人と差しで勝負したところで、こちとらに勝ち目はねェ。すっぱり尻尾《しっぽ》を丸めやした」

そう言った清吉の顔は晴れ晴れとしていた。

「お恥ずかしい限りです」

お梅は身の縮む思いがしていた。

「お利緒にその話を聞かなかったら、おれ達はいつまでもあんたに盾突いていましたよ」

「ねえ、かかさま。あたしがお話ししてよかったでしょう?」

お利緒は得意そうに口を挟んだ。

「……」

「たまには癇癪《かんしゃく》を起こしてくれたっていいんですよ。いや、是非ともそうしてくれ。そうじゃなかったら、この先、おれはあんたが血の通った人間なのかどうか疑ってしまうぜ」

「今までのわたくしは化け物でしたか?」

お梅はおかしそうに言った。

「夜になると首がにょろにょろ伸びる……なんてね」

「兄さま、悪い冗談」

お利緒は清吉の言葉に声を上げて笑った。

外堀は秋風にさざ波を立てていた。どこから飛んで来たのか、色づいた楓の葉が水面に浮かんでいた。お梅は大奥に残して来た侍女の顔をふっと思い出した。今となっては、その顔も朧《おぼ》ろである。いや、それよりも、堂々と聳《そび》える江戸城の中で、自分が老女として暮していたことさえ夢のように思われた。

今の自分は備前屋という商家の女房である。

藤尾の名はとっくに捨てたつもりだった。

しかし、息子達と微かながら和解の兆《きざ》しが見えたのは、その藤尾であった頃の逸話からであった。最初は藤尾であったことで息子達から疎《うと》まれたのに。お梅は人生の皮肉をしみじみと感じない訳には行かなかった。


清吉はそれからも、何度か酔っては乱暴を働くことがあった。しかし、弟の清次郎が京橋に行ってしまうと、その勢いも以前ほどではなくなり、すぐに収まるように感じられた。

清吉が妻を迎え、子ができ、備前屋の主として清兵衛の代わりに店を切り盛りするようになった時、誰もかつての放蕩《ほうとう》を口にする者はいなくなった。

そこまで辿《たど》りつくのには、さらに十年の時を要したのである。お利緒を嫁に出し、清兵衛を亡くしたお梅は離れの隠居所で静かに暮した。時々、息子の放蕩に悩む母親としての相談を受けたりもした。お梅は明確な回答などできなかった。

「さて、なるようにしかなりませぬ。改心するか、放蕩に身を持ち崩したまま終わりになるか。いずれも当人次第でございます。わたくしは何も致しておりません。ええ、何も何ひとつ……」

藤尾の局であった時の逸話はおくびにも洩《も》らさなかった。お梅にとって、青柳とのことは終生消せない傷であったのかも知れない。

お梅は八十六歳の天寿を全うしてこの世を去った。今際《いまわ》のきわに清吉が聞いた言葉は

「わらわはこれから参りまする。いざ……」というものであった。どこへ参るのかと清吉はお梅に訊いたが、その答えはなかった。

〈参考書目〉

『幕末明治　女百話（下）』篠田鉱造著・岩波文庫

# 柘榴坂《ざくろざか》の仇討《あだうち》

浅田次郎

浅田次郎《あさだじろう》（一九五一〜）

東京都生まれ。自衛隊、アパレルなど様々な仕事をしながら投稿を続け、一九九一年、『とられてたまるか！』でデビュー。人情やくざもの『プリズンホテル』、ファンタジー色が強い『椿山課長の七日間』、ホラー『降霊会の夜』、歴史時代小説『輪違屋糸里』『黒書院の六兵衛』、中国近代史を描く『蒼穹の昴』などジャンルを問わず活躍している。『地下鉄に乗って』で吉川英治文学新人賞、『鉄道員』で直木賞、『壬生義士伝』で柴田錬三郎賞、『お腹召しませ』で司馬遼太郎賞、『中原の虹』で吉川英治文学賞、『終わらざる夏』で毎日出版文化賞、『帰郷』で大佛次郎賞を受賞した。

破れ長屋の寝床にすきま風の辛い時節になると、志村金吾《しむらきんご》は毎夜のように同じ夢を見る。

夢というよりも、忘れがたい記憶である。隣の大工が侍のなりで紛れこんでいたり、掛け取りの小僧が挟箱《はさみばこ》を担いだ小者であったりするのは夢のご愛嬌だが、筋書きのあらましは、あの日のままであった。

三月三日は上巳《じょうし》の節句で、掃部《かもん》頭様は五つ半に六十人の供揃えでご登城になった。譜代三十五万石御大老ともなれば、毎朝の登城も小大名の参府行列に等しい。

腕に覚えのある金吾は御駕籠《おかご》回りの近習《きんじゅう》を務めていた。だからその朝、御玄関の敷台に立たれて、時ならぬ綿雪に驚かれた掃部頭様のお顔もよく覚えている。

安政七年の話であるから、むろん旧《ふる》い暦でいう三月三日である。昨年の暮に突然改められた西洋暦に直せば、おそらく三月も末ということになるであろう。お殿様ならずとも誰もが起き抜けたとたんに驚いた、春の大雪であった。

ちなみに出立《しゅったつ》の五つ半は、いっこうに馴染《なじ》めぬ明治の時刻でいえば午前九時である。その三十分ほど前に物頭《ものがしら》様から下知《げじ》があって、供の者はみな雨仕度を整えた。たしかに春の綿雪は足元を泥濘《ぬか》るませており、衣服はたちまち濡れそぼった。

羽織の上に桐油塗《とうゆぬり》の雨合羽を着こんだ。刀の柄《つか》にも桐油を引いた柄袋を被せた。中《ちゅう》間小者《げんこもの》と駕籠担ぎの御陸尺《おろくしゃく》のほかは、供侍のすべてが同じ出で立ちであった。

彦根藩上屋敷は桜田御門からほんの目と鼻の先である。御門前が出羽米沢《よねざわ》藩上杉弾《うえすぎだん》正大弼《じょうだいひつ》様と豊後杵築《ぶんごきつき》藩松平中務大輔《まつだいらなかつかさたいふ》様の上屋敷で、その西隣にはもう、彦根屋敷の海鼠壁《なまこかべ》が長く続いていた。

行列が屋敷門を出たときには、その目と鼻の先の桜田御門も紗《しゃ》に隠れてしまうほどの降りになっていた。

夢の中で志村金吾は、掃部頭様の御駕籠に寄り添うて歩く。緩い下り坂は桜田濠をめぐって御門へと続いている。

歩きながら供侍たちに、異変が迫っていることを報《しら》せようとする。しかし声は出ない。

重く硬い合羽を脱がねば戦えぬ。柄袋もはずさなければ。しかし手指は動かせず、ただ足だけがまっすぐに桜田御門へと向かって行く。

御門外の土手には、十八人の刺客が刀を抜き、身をひそめているはずだ。

供侍たちは誰ひとりとして危機を感じてはいない。彦根屋敷から桜田御門まではあまりにも近く、しかもその道筋の半ばは広大な屋敷の長屋塀に沿うていた。異変を察知すれば百人の藩士が刀を執って駆けつける。

いわば藩邸と御城内が御廊下で結ばれているかのような錯覚を、誰もが抱いていた。だからこそ物頭様は、刀に柄袋をかけよと命じた。登城後の供侍たちの体裁を慮《おもんぱか》って、雨合羽を着用せよと言った。

金吾の声を封じ、体を縛《いまし》めたまま、夢の中の行列は進む。これは夢だ、十三年も昔の出来事が夢となっているだけだと、金吾はおのれに言いきかせる。

桜田門前の杵築屋敷の角に、ひとりの侍が佇《たたず》んで行列を見送っていた。

あの日も、その男には気付いたのだが、登城前に雪模様を眺める杵築藩の者だとばかり思った。

御駕籠が行き過ぎるとき、侍は塀際まで後ずさって、番傘をさしたまま腰を屈《かが》めた。降りしきる雪の中であるから、そのしぐさをとりたてて無礼だとは思わなかった。金吾は侍が手にした冊子に目を留めた。

なぜその瞬間に、不審を感じなかったのだろう。冊子は大名旗本の名簿とでもいうべき武鑑であった。雪降るさなか、御家紋を書き並べた冊子を路上で見ているなど、よほど不審な侍にちがいなかった。そうして間近から御駕籠に描かれた彦根橘《たちばな》の紋所を武鑑に照合し、これこそ井伊《いい》掃部頭直弼《かもんのかみなおすけ》の行列だと確信したのちに、雪を拭うしぐさで傘を振った。

行列は御門前に迫っていた。そのとき、ひとりの侍が土手下から躍り出て、行列の行手の泥濘《でいねい》にやおら土下座をした。侍は訴状らしきものを突き出して叫んだ。

「ご無礼つかまつる。御大老様に直々《じきじき》の訴え事でござる。なにとぞお納め下され」

行列は止まった。この期《ご》に及んでも、供侍たちは危機を感じていなかった。

「何ごとじゃ」

御駕籠の中で掃部《かもん》頭様はお訊ねになった。

「直訴状のようでござりまする」

金吾は片膝を折って答えた。

「手荒なまねはいたすな。訴え人は御門番に引き渡し、訴状はこれに持て。かりそめにも命をかけたる訴えじゃ、おろそかに扱うではないぞ」

金吾は御駕籠を離れて、行列の先頭へと向かった。

「訴状はご嘉納《かのう》になられる。訴え人は神妙にいたせ」

そう声をかけたとたん、侍はふいに立ち上がって抜きがけに金吾の菅笠《すげがさ》を払った。そして返す刀で槍持の小者を斬り捨てると、武門の徽《しるし》である長槍を奪い取ったのだった。

「御槍じゃ、御槍を取り返せ」

侍は長槍を担いだまま、刀を振り回す。柄袋がはずせずに、金吾は脇差《わきざし》を抜いて挑みかかった。

激しく斬り立てながら、ようやく土手際に侍を追い詰めたとき、背後で喚声が上がった。

ぎょっと振り返った金吾の目に、手薄になった御駕籠に殺到する刺客の群が映った。近習の侍たちはみな先頭の騒動に駆けつけており、御駕籠の周りには丸腰の御陸尺がいるだけだった。

「井伊掃部頭直弼、討ち取ったり」

押し寄せる刺客たちと脇差で斬り結びながら、金吾は騒擾《そうじょう》の中ではっきりとその声を聴いた。

力が抜けてしまった。供侍たちは不自由な合羽を着たまま、刀を抜き合わすこともできずに斬り倒されていった。

降りしきる綿雪にまみれて、夢の中の金吾はぼんやりと修羅場を眺めている。まるで合戦屏風《びょうぶ》のような騒動のただなかにいながら、敵は誰も打ちかかってはこず、金吾も斬りかかる気にはなれない。

脇差を握った手をだらりと垂らしたまま、やがて腰が摧《くだ》け、金吾は水溜りに両膝をついた。

御殿様が討ち取られてしまった。御首が胴から離れてしまった。

御駕籠回りの近習として、その事実の前にはもはや戦う理由がなく、金吾の魂は天に飛んでしまっていたのだった。

志村金吾は煎餅蒲団《せんべいぶとん》を蹴上げて跳ね起きた。破れ障子の外は薄墨色の夜明け前である。

「セッ――」

かたわらに眠る妻の名を小さく呼ぶ。目覚めぬとわかると、金吾は蹴上げた蒲団を繭《まゆ》のようにちぢこまった妻の体に重ねた。

かつては七十石取りの藩士の妻女が、四十にもなって場末の酌婦に落魄《らくはく》した。いかに食うためとはいえ、こうまでせねばならぬ人生は世に二つとなかろうと思う。

そう、食うためだけの人生なら、まずおのれが働く。俥引《くるまひ》きでも人足でも、女房を酌婦にするよりはよほどましであろう。

金吾は台所に立つと、薄闇に手鏡をかざして髭《ひげ》を当たった。髷《まげ》を落として散切頭《ざんぎりあたま》になると、無精髭が気になってならない。

その髭にも散切頭にも、めっきりと白いものが目立つようになった。思えば四十一のこの齢《とし》には、父は家督を倅《せがれ》に譲って国元に帰っていた。手鏡に映る顔は、あのころの父よりもずっと老けこんでいる。

米である。志村家は代々、江戸詰の御納戸方《おなんどがた》を務めていた。七十石の小禄はそのお役目の扶持

南八丁堀の彦根藩蔵屋敷の長屋に生まれ育った金吾は、父に似ず撃剣が得意で、長じては心形刀流伊庭《しんぎょうとうりゅういば》道場の目録を授かるまでに練達した。その腕前を見込まれて御近習役に推挙されたとき、父はこの機をのがさじと家督を金吾に譲ったのだった。志村家がうだつの上がらぬ御納戸方から、君側の寵臣《ちょうしん》に立身する好機であった。

かくて七十石の御禄はとりあえず従前通りであったが、志村家は大いに加増出世の見込みがある御駕籠回り近習役となった。

――髭をていねいに当たりおえると、金吾は竈《かまど》の熾《おき》を掻き起こして湯を沸かす。大根菜を刻み、妻が毎夜もらってくる酒場の余り飯で粥《かゆ》を炊く。

藩財政も厳しい幕末のころ、父子揃っての出役《しゅつやく》など叶うはずはなかった。つまり金吾が御近習に取り立てられるのなら、父は家督を譲って隠居するほかはなかった。

家運隆盛を希《ねが》うのなら当然、二十歳になった金吾が当主となるべきであった。彦根の徒士《かち》の家からあわただしく嫁を迎えて、金吾は桜田御門外の上屋敷詰となり、父母は彦根の国元に帰った。

おのれの強運を、二十歳の金吾は信じていた。江戸詰の若侍たちの中には、目録者どころか免許皆伝のつわものも大勢いるのに、その年は金吾ひとりが御近習に推挙さ

れた。理由は自明であった。鏡心明智流《きょうしんめいちりゅう》の士学館には土佐藩士が多く、神道無念流の練兵館には長州人が多く通っていた。幕府御大老を務める井伊家の御近習が、長州土佐の侍と交誼《こうぎ》があったのでは好ましくない。ましてや大道場の北辰一刀流玄武館は、掃部《かもん》頭様とは犬猿の仲である水戸藩士の巣窟であった。

金吾が伊庭道場に学んだのは、御蔵屋敷から通い勝手が良いというほかに何の理由もなかったのだが、幕臣の子弟ばかりが通う伊庭の門下ならば交遊に疑念がなかった。そうした経緯から藩主の近習に推された金吾は、たしかに強運である。

――夜が明けそめたころ、路地の空が低く唸り始めた。粥を炊きながらよもやと思って戸を開けると、鈍色《にびいろ》の空から小雪が舞い落ちていた。雪は金吾を冥《くら》くさせる。

粥を椀に盛り、妻を目覚めさせぬよう足を忍ばせて、座敷の隅に置かれた父母の位牌に供える。声に出さずに、心経《しんぎょう》と観音経を唱える。

あの朝、御駕籠回り近習は左右の二名であった。左側を警護していた同輩は斬り死にした。手傷も負わず、御駕籠を離れた雪の中に呆然と蹲《うずくま》っていた金吾の罪は重かった。

詮議の声が甦《よみがえ》る。

（もはや切腹など許されぬぞ。父が腹を切り、母者までもが咽《のど》を突いたるは、汝《うぬ》が身替わりじゃ。御禄召上げのうえ放逐《ほうちく》の議は、父母の衷情に免じて、御禄預りとする。

罪を雪《すす》ぎたくば、騒動に関りたる水戸者の首級《しるし》のひとつも挙げて、掃部頭様の御墓前にお供えせよ。汝の腕前をもってすれば、さほど難しいことではあるまい）

たしかに、さほど難しいことだとは思えなかった。国元の父母が責めを負って自害したと報されたとき、おのれのとるべき道は仇討のほかはないと悟ってもいた。だから金吾は、詮議のあったその夜のうちに上屋敷の長屋を出た。

せめてあのとき、妻は国元に帰すべきだったと思う。しかし、舅姑《しゅうとしゅうとめ》が後事を託して命を絶った彦根の城下に、妻が戻れるはずはなかった。子がないことも、実家の敷居を高くしていた。

江戸市中にいったん身を潜ませて刺客一味を探索し、どれかひとつの首を取れば良い。けっして難しいことではあるまい。

しかし本懐を遂げぬままに時は移ろい、幕府は倒れて明治の御世がやってきた。新暦の年も明けた明治六年、算《かぞ》えればあの雪の日から、十三年の歳月が過ぎようとしている。

位牌に向き合ったままぼそぼそと粥を食い、妻を起こさぬよう出仕度を整えて、志村金吾は浅草清島町の長屋を出た。昔ながらの二本差しではあるが、散切頭と単衣羽《ひとえば》織《おり》は寒々しい。

長屋の戸を閉めてから、金吾はこらえていたくしゃみをした。

小雪の舞う二月七日の朝、秋元和衛《あきもとかずえ》は芝愛宕下《しばあたごした》の官舎に客の来訪を待っていた。

司法省の御役は昨年を限りに退いたが、非職警部といういわば非常勤の肩書を頂戴して相も変わらぬ官舎住まいである。このさき何のお勤めができるわけもない五十翁にも従前の半給が支払われるとは、新政府もなかなか肚《はら》が太い。

もっとも、たった三年足らずの出仕に法外の恩典が付いたわけではない。長らく旧幕府の評定所御留役《おとめやく》を務めた秋元は、いまだに江戸の右も左もわからぬ薩長高官たちの知恵袋だった。

かつては三百石の御旗本である。牛込の屋敷も上地《じょうち》されてしまったのだから、住まう家と捨て扶持ぐらいは、貰ったところで罰は当たるまい。

「早朝よりごめん下さりませ。志村でござりまする」

路地に大時代な志村金吾の挨拶が聞こえた。

「おう。こちらにお回りなされ」

障子から顔をつき出して、来客を縁先に手招く。増上寺の寺侍の住居であったという官舎は、牛込の屋敷とは比ぶるべくもないが、老夫婦の隠居所と思えばころあいである。

「手元不如意にて、ろくな手土産もござりませぬが」

金吾は縁先で単衣羽織の袂を探り、手拭にくるんだ鶏卵を二つ、敷居に並べた。

「なになに、侍はみな手元不如意じゃて。要らぬ気を遣うてはならぬ」

「面倒なお頼み事をしながら、面目次第もござりませぬ。ご寛恕《かんじょ》下され」

不器用だが誠実な男である。かつて伊庭道場の門弟であった部下の紹介だが、何の義理もない金吾の依頼事を聞くうちに、秋元はひどく心を動かされたのだった。

御一新以来、世の中のすべては変わってしまったが、その侍の上にだけは時が止まっているように思えた。世の移ろいとともに人はみな変節している。しかしこの男ばかりは髷を落としたことのほかに、何ひとつとして変わってはいない。

金吾が火鉢を挟んで座ると、秋元は茶も待たずに巡査手帳を開いた。

「なにぶん十三年も昔のことゆえ大方は忘れておるが、旧評定所の書き付けを調べてみた」

「畏《おそ》れ入りまする」

その長い間、金吾は主君の仇を探し続けていたにちがいなかった。さぞかし難事であったろうと思う。

桜田騒動の後、幕閣は攘夷の世論に阿《おもね》るように、あろうことか彦根藩を十万石の減封に処した。対する水戸藩は、下手人たちがすべて脱藩者であったことから何の咎《とが》めも受けなかった。その裁きを考えれば、赤穂義士の故事を引くまでもなく、彦根の仇討がなかったのは士道に悖《もと》ると思える。

騒動以来、世が混乱して仇討どころではなかった、というところであろうか。

鳥羽伏見の戦で彦根が早々と薩長の側に立ち、二百七十年来の主家というべき徳川に弓を引いたのは、藩を挙げての仇討ともとれる。将軍慶喜《よしのぶ》は水戸の出であり、烈公斉昭《なりあき》の実子であった。

しかし、そうした大きな世の流れをよそに、金吾はその間にも江戸市中に身を潜めて、主君の仇を探し続けていたのだ。

「刺客十八名中、水府脱藩が十七名、薩摩脱藩が一名――」

「はい。それは存じております。その者たちの消息をお訊ねいたします」

「評定所記録によれば、現場での斬死が一名」

「何と――」

一瞬、金吾の顔色が変わった。どうやら騒動の渦中にありながら、その結末は何も知らぬらしい。おそらく仇討を決して主家を離れて以来、同輩たちとの交わりも断ったのであろう。

「たった一名でござりまするか」

「さよう。彦根は六十名の供侍を備えながら、わずか十八名の刺客にさんざ斬り立てられ、あげくに主君の首級を挙げられたことになる。士道不覚悟と譏《そし》られても、いたしかたあるまい」

まるで昨日の無念を思い起こすように、金吾は破れ袴の膝を握りしめた。

「次に、騒動後の自刃が四名。その者たちは本懐を遂げたうえはこの世に思い遺すことなしとして、ただちに腹を屠《ほふ》った。おぬしが斬死を一名と聞いて愕《おどろ》いたわけは、その場にて自刃した刺客どもを斬死と思うておったからじゃろう」

痩《や》せこけた顔を俯《うつむ》けたまま、金吾はいくども肯《うなず》いた。

「まあ、不意のことゆえ、うろたえておったのも無理はないが」

「お言葉ではござりまするが秋元様。うろたえるなどという気分は、とうに過ぎておりました」

「ほう。ならば、どのような気分であったかの」

「言うなれば、夢を見ているような」

御駕籠回りの近習としては、あるまじきことであろう。しかし、綿雪の降りしきる桜田御門で突如目前に現われた光景は、たしかに悪夢であったにちがいない。

「次に、自訴したる者が八名」

「自訴、とは」

「御門の現場からさほど遠くない熊本藩邸に四名、汐留《しおどめ》の脇坂《わきさか》淡路守邸に四名、下手人を名乗って自首した。あらかじめ申し合わせていたわけではあるまい。逃げる道々、話し合うてそのようにしたのであろうよ」

かつての熊本藩邸は現場からさほど遠くはないが、播磨龍野藩《はりまたつのはん》脇坂邸はちょうど昨年開通した鉄道の新橋ステーションのあたりである。そこに自訴した四人は、長い雪道を走ったあげく、逃げるに逃げきれぬと覚悟を決めて、脇坂邸の門を叩いたのであろう。

「実はわしも、その者たちの吟味には立ち会うた」

金吾が眉をひそめた。記憶に残る下手人たちの姿を、ありのままに伝えるべきかどうか、秋元は迷った。私欲のいささかも持たぬ彼らは、暗殺という手段はともかくとして、国を憂うる士にはちがいなかった。

「いかようでござりましたか」

嘘は言えぬ。

「まことに神妙であった。みながみな、申すところに少しの齟齬《そご》もなく、誅殺の理由を陳述した。隠すところは何ひとつとしてなかった。しかる後に、みな堂々と調書に拇印《ぼいん》を捺《お》した」

はたして金吾は、腕組みをしてしばらく考えるふうをした。主君を誅された彦根藩士からすれば、下手人は不倶戴天の悪党でなければならぬ。ましてや父母が責めを負って死に、おのれは十三年もの間仇を探しあぐねている金吾の胸の中では、彼らに毛ほどの正義もあってはならなかった。

語るべきではなかったと、秋元は悔いた。

折よく家人が茶を運んできた。次第を聞かせてある妻は、ちらりと金吾の横顔を窺《うかが》った。

「難儀なことにございまするな」

急須を傾けながら、妻はいきなり刃《やいば》を抜くように言った。

「おなごが口をさし挟むではない」

秋元がたしなめても、近ごろ妙に強気の妻は怯《ひる》まない。

「ご迷惑をおかけいたしまする」

金吾は妻に頭を下げた。

「そのお言葉、奥方に申されませ。難儀はあなたさまではなく、ましてや拙宅の主人ではなく、奥方でございましょう」

きっぱりと言って、妻は座敷を去った。残された二人はひどく気まずい思いで、しばらく茶を啜《すす》った。

「まあ、わしも家内には苦労をかけた。おぬしの困難とは比ぶるべくもなかろうが、三百石の旗本が禄も家屋敷も奪われ、薩長の狗《いぬ》になりさがってしもうたのじゃからの」

愚痴《ぐち》はよそうと秋元は思った。みなそれぞれに苦労はしたが、とにもかくにも時代の垣根は越えた。しかし、この侍だけは踏み越えることも跳び越えることもできず、いまだ垣根の向こう側に佇んでいるのだから。

「どこまで話したかの」

「斬死が一名、自刃が四名、自訴が八名――」

「さよう。自訴の者はみな切腹となった」

「存じております。しかるに、なにゆえ断首ではないのでござりまするか。御公儀評定所のお裁きとしては、まことに解《げ》せませぬ」

議論はあった。侍にとって、切腹と断首とでは天と地のちがいがある。正しくは死罪とは断首のことであり、切腹は死を賜わるのである。

国を憂うる者の無私の心情を、おろそかにしてはならぬ。それを踏みにじって断罪を下せば、命をかけて国を憂うる者がいなくなる。

「幕閣のお裁きは甚だ公平を欠きまする。志はどうあれ、御大老を誅した者どもに切腹を申しつけるなどと」

裁きには井伊直弼なきあとの政治的なかけひきが、たしかに働いていたと思う。大老が死ねば彦根はただの大名家にすぎぬが、水戸の烈公斉昭には隠然たる権威があった。ましてやその子の慶喜がいずれ幕政を掌握するのは目に見えていた。

しかし、この一途《いちず》な侍にそのようなことを説いても始まらぬ。

「水戸の者どもは、国士であった」

「何を申されまするか、秋元様」

とっさに金吾の腰が浮いた。

「掃部《かもん》頭様はさる安政の大獄で、国を憂うる多くの者たちを断首なされた。あのご裁可こそ、誤りである」

金吾の左手がかたわらの刀を摑んだ。斬られてもよかろう。自分は彦根にとっては忿懣《ふんまん》やるかたない裁可を下した評定衆のひとりであったのだから、仇討といえばそうにはちがいない。

「斬るか」

「いえ」

息をついて、金吾は腰を沈めた。

「話が脇道に外《そ》れ申した。続きを」

「どこまで話したかの」

「斬死、自刃、自訴、つごう十三名にて、そのほかの者どもの消息をお訊ねしたい」

「逃亡した」

金吾の表情に光明がさした。

そう断ずるのはいかがなものであろう。逃亡した五名の刺客も、私心なき国士であったはずである。

秋元の胸にふと、あの雪の日の冷ややかな空気が思い起こされた。目を落とせば、さりげなく記述された巡査手帳の文字から、あの日の若侍たちの姿が浮かび上がってきた。

騒動の後のそれぞれの身の振り方などは、申し合わせていたはずがなかった。本懐を遂げたのちに、志士たちの世界はないからである。彼らにとっては、生も死も、どうでも良いものであった。

そのような究極の執着《しゅうじゃく》の中で、ある者は斬り死にし、ある者は自刃し、またある者は自訴をした。たまさか逃亡した者が、卑怯者であろうはずはない。

「秋元様――」

顔をもたげると、金吾は真向から睨《にら》みつけていた。

「わざわざ使いを立ててそれがしをお呼びになったのは、その逃亡せる下手人の消息を、ご存じだからでございましょう」

部下に金吾を紹介されたのは、去年の夏である。しかるに半年もの間、何の沙汰《さた》もせず、急な使いを出して呼べば、そこまで考えて当然であろう。

「卑怯《ひきょう》な」

数日前に、桜田騒動に関わったというひとりの男の消息を知った。水戸出身の巡査がたまたまめぐり合ったのだから、信ずるに足る情報である。しかし、それを金吾に伝えるべきかどうか、秋元は迷った。

「そなたの十三年に及ぶ雌伏《しふく》を思えば、請われて力を貸さぬわけには参らぬ。しかしいざ下手人を探り当ててみれば、その者もまた十三年の間、世に名乗ることもままならず、顔を晒《さら》すことすらできず、ひたすら雌伏しておったのじゃと、わしは知った」

「お言葉ながら――」

金吾は火鉢の脇に膝を進めた。本懐に手のかかった顔には、闘志が漲《みなぎ》っていた。

「その者の十三年は雌伏ではござるまい。雌伏とは他日を期しつつ困難に堪える謂《いい》でござろう。すなわち、期すべき未来などあるはずもないその者は、ただの逃亡者でござる。何を今さらお庇《かば》いになるのか」

どうすればこの気の毒な男を説得できるのであろう。

おのれの上にだけ時が止まっていることに、金吾は気付いていない。

「よいか、志村殿。彦根藩なるものは、もはやこの世にはないのだぞ」

「存じており申す」

「ならば、なにゆえ仇討にこだわる。家禄も旧に復するはずはなく、汚名が返上されるわけでもあるまい」

金吾はおし黙った。御一新の前ならいざ知らず、少くとも一昨年の廃藩置県からこのかたは、仇討をなさねばならぬ道理はなくなったはずである。

能面のように凍りついた金吾の顔に、瞬きも忘れたまま涙の零《こぼ》れ落ちるさまを、秋元はじっと見つめていた。

「秋元様が先ほどより水戸の者どもを国士と申されるは、それがしを説諭しておられたのですな」

「いかにも。私心なき者の罪を憎んではならぬ」

「さらば、お答えいたしまする。それがしにも私心はござらぬ。家禄の復旧も、汚名の返上も、それがしの胸にはあり申さぬ。それらはすべて打算でござろう。拙者は――」

声を詰まらせて、金吾はしばらく男泣きに泣いた。

「拙者は、掃部頭《かもん》様が好きでござりました。御先代の十四男という部屋住みのお立場から、幕府御大老までお昇りになられた掃部頭様が、たまらなく好きでござりました。だから、あの雪の騒動の折も――」

「言うな」と、秋元は遮《さえぎ》った。

夢を見ているような気分であったと、金吾は言った。心から敬い愛する人が命を奪われてしまうさまは、たしかに夢としか思えぬであろう。

「おぬしは、忠義者よの」

徳川は滅びるべくして滅びたのだと秋元は思った。旗本三百石の自分ですら、御禄を賜わることのほかには、主家に対する何の感慨もなく、ましてや慶喜将軍に対する何の感情も持たなかったのだから。


夜明け前に降り始めた雪は夕刻になっても已《や》まず、新橋の駅頭を真白に染めている。これでは客を乗せても坂が登れぬと、車夫のあらかたは五時の汽車が着く前に引き揚げてしまった。

「俺っちもよしにすべえよ、直さん。梶棒をあおって客に怪我でもさせちまったら大ごとだぜ」

俥溜りのガス灯の下で、直吉《なおきち》は新聞記事を読み耽《ふけ》っていた。仲間の声に、うわごとのような生返事を返す。

「直さんは、よくも難しい字が読めるな。もしや出は侍か」

「百姓だ」

「そうかよ。まあ、俺ァ俥引きの半ばは侍の出じゃねえかと睨んでいる。何たってお侍は体がいいからな。笠で顔を隠していれァ、知った者に見咎められる気遣いもねえしの」

「そうじゃあねえって」

「だったらどうして難しい新聞なんぞ読める」

「親が寺子屋に通わしてくれたんだ」

直吉は新聞を飽かず眺めた。明治六年二月七日付の太政官布告である。見出しには大きく、「復讐は国禁――刑罰は国家の大権也」という活字が躍《おど》っている。

人ヲ殺スハ国ノ大禁ニシテ、人ヲ殺ス者ヲ罰スルハ政府ノ公権ニ候処、古来ヨリ父兄ノ為ニ讐ヲ復スルヲ以テ、子弟ノ義務トナスノ風習アリ――。

つまるところ仇討は、私憤を以て殺人を犯し、本来国家が下すべき罰を私刑という形で実行するにすぎない。場合によっては仇討の名を借りて勝手に殺人を犯すこともある。今後、復讐は厳禁とし、不幸にして親を殺された者は、ただちにその事実を訴え出ること。旧来の慣習のままに仇討を果たした者は相当の罪に処するので、心得ちがいのないよう承知せよ――布告の内容はそうしたものであった。

直吉は梶棒に腰を預けたまま、昏《く》れなずむ雪空に向かって真白な息を吐いた。息を吐きつくすと、体がしぼんでしまったような気になった。

「俺にァどうしても解《げ》せねえんだが――」

饒舌《じょうぜつ》な車夫は直吉の顔を覗きこみながら言う。

「出が侍だか百姓だかはどうでもいいが、読み書きが達者で男っぷりもまんざらでもねえ直さんが、四十のその齢まで所帯も持たずにいるてえのは、どういうわけなんだえ」

「女もガキも好かねえ」

直吉は邪慳《じゃけん》に言った。

「まあ、わからんでもねえ。おめえさんの居ずまいはとうてい独り者には見えんしの。繕《つくろ》い物も煮炊きもお手のもんで、倖だってほれこの通り、まるで殿様の御駕籠みてえにぴかぴかだ」

悪意はあるまいが、物のたとえが気に障って、直吉は梶棒を上げた。

「汽車が着いたぜ」

「おうよ。坂道はご勘弁、上野なら広小路まで、品川に戻るんなら柘榴坂《ざくろざか》のとっつきまで、芝高輪《たかなわ》にァ、はなっから参りやせん」

「先に行け。俺ァ客を選ばねえ」

「あいよ、ならお先に」

梶棒を握ったまま、直吉はしばらく昏《く》れなずむ雪空を見上げていた。一稼ぎしたなら、きょうは家《ヤサ》に帰って酒を飲もうと思った。大家の出戻り娘に干鰯《ひいわし》でも焼かせて、ガキを抱きながら所帯持ちの真似事でもしてみよう。

ガス灯の光が翳《かげ》って、散切頭に二本差しの男が直吉の前に立った。

「へい。どちらまで」

男は直吉の目をまっすぐに見つめている。

「べつだん行くあてはない」

「てえことは、雪見でござんすね。こいつァ二本差しのお侍さんにしちゃあ、まったく鯔背《いなせ》なお人だ」

柄《がら》に似合わぬ精いっぱいのお愛想を言って、羅紗《らしゃ》の膝掛けを手に取る。

「雪景色といえば、やはり桜田御門であろうな」

羅紗を摑んだまま、直吉の体は凍《こご》えついた。

「あいにく桜田濠の坂は登れやせん。勘弁しておくんなさんし」

「さようか。実はそれがしも、桜田御門の雪景色など見とうはない」

二度と見とうはない、というふうに直吉の耳には聞こえた。

ガス灯の日裏になった侍の顔は、輪廓しか見えなかった。しかし直吉の姿は光に晒されている。

「笠を上げてはもらえぬか」

その一言で、侍の正体は知れたようなものだった。

目深《まぶか》に冠った笠の庇を上げる。とたんに侍は、ああ、と呻《うめ》くような息をついた。

「お乗り下さいまし。雪見にお伴いたしやす」

踏み台を侍の足元に置く。下駄の歯は草履《ぞうり》のようにすり減っており、素足は皹《あかぎ》れていた。

「ご無礼いたす。許されよ」

侍が侍の俥に乗る無礼を、男は侘《わ》びたにちがいなかった。

幌の中に腰を下ろすと、男の顔は初めて瞭《あきら》かになった。

直吉はその顔をはっきりと覚えていた。

(ご無礼つかまつる。御大老様に直々の訴え事でござる。なにとぞお納め下され)

そう叫びながら、行列の先頭に偽りの直訴状を差し向けた。じきに御駕籠回りの近習が走ってきた。

(訴状はご嘉納になられる。訴え人は神妙にいたせ)

やおら立ち上がって、抜きがけに近習の菅笠を払い上げた。真二つに割られた笠の中の顔を、直吉は忘れない。

粗末な袴の上に羅紗を掛け、直吉は梶棒を上げた。

「つまらねえことをお訊ねいたしやすが、お客さんはおいくつでござんすか」

「四十一になる。それがどうかしたか」

「いえ――」

直吉は前のめりに俥を引いて、雪の駅頭に歩み出た。自分と同い齢のこの侍は、あれからの十三年をどのように過ごしてきたのだろうか。

「ではこちらもつまらぬことを訊ねる。妻子はおられるか」

ふと、大家の出戻り娘とガキの顔が胸をよぎった。何ひとつ言いかわしたわけではないけれども、自分にはふさわしい妻と子だと思う。

「あいにく男やもめでござんす」

「親は」

「あっしの不孝で、亡くしちまいました」

そのことだけはわかってほしいと、直吉は心に願った。

「不孝をかけたか」

「へい。若い時分にとんだ親不孝をしちまったもんで、父親《てておや》どころかおふくろまで、生きちゃいられねえようなことになっちまいまして」

ああ、と侍はまた呻いた。わかってくれたのだと思うそばから、侍は悲しいことを言った。

「実はそれがしも、同じ親不孝をした。子はないが、妻にはいまだに苦労をさせておる」

所帯を持たずにこの齢まできてよかったと直吉は思った。大家の娘もガキも悲しみはするだろうが、しょせん家族ではない。

「なるたけ平らな通りを行かしていただきやす。存分に風流をなすっておくんなさい」

俥は雪の東海道を下った。足元は悪いが、草履に巻き結んだ藁縄《わらなわ》は利いた。

やがて左手に、袖《そで》ヶ浦《うら》の浜が見えた。日はすっかり昏れていたが、降り積む雪が遥かに続く汀《みぎわ》をありありと示していた。

来るべきものが来ただけなのだと、直吉は思うことにした。少くとも、逃亡は怯懦《きょうだ》によるものではなかった。生きてこそいれば、またお役に立てることもあろうと考えたからであった。ならば俥引きに零落《おちぶ》れた今となっては、逃げ隠れしてはならぬ。

「どこへ向かっておるのだ」

「ひとけのねえところまで参りやす。雪景色を眺めるにァ、そのほうがようござんしょう」

「名を訊ねたいのだが」

と、侍はいかにも無礼を訊ねるように言った。

「直吉と申しやす」

「そうではなく、元の名を訊ねたい」

侍の声は車輪の軋《きし》みに似ていた。

「佐橋十兵衛《さばしじゅうべえ》と名乗っておりやした。十は数字の十でござんす」

官憲に調べを受けたとき、仇の名も知らぬのではまずかろうと思って、直吉はわかりやすく答えた。

「直吉とは似ても似つかぬ名じゃな。世間の目をくらましたつもりか」

「いんや」と、直吉は強く抗《あらが》った。

「つまらねえ話を聞いて下さいやすか、お客さん」

「申せ」

「若気の至りで手にかけちまったお人の一字を、頂戴いたしやした」

幌から身を乗り出す気配がした。

「なにゆえじゃ」

「のちのち思えば、そのお人のおっしゃっていたことは、ごもっともでござんした」

「ならば、人を殺《あや》めたことも誤りであったと申すか」

「いえ、それァまちげえじゃあござんせん。ただ、おっしゃってらしたことァ、いちいちごもっともだったと」

自分たちは攘夷《じょうい》と言い、井伊直弼は開国と言った。つまるところ国は開かれて御一新が成ったのだから、その主張は正しかったことになる。誅殺が誤りであったとは思わぬが、せめてその炯眼《けいがん》を、偽りの名の一文字に刻んだつもりであった。

しばらくの間、直吉は今生《こんじょう》の力をこめて俥を引いた。

この侍はいったい何のために、十三年も前の主君の仇を討とうというのだろう。帰るべき藩も城もすでになく、美談が讃えられるはずもあるまい。ましてや太政官布告によって仇討が禁じられた今、所業はひとつの殺人にすぎない。

高輪の薩摩屋敷を右に折れると、楠の大樹に被われた柘榴坂である。旧藩の広大な下屋敷が並ぶこのあたりなら、人目につく気遣いはあるまい。

雪は楠の枝に降り積もり、高輪の丘に駆け昇る柘榴坂は乾いていた。

「このあたりで、ようござんす」

「俥屋が決めることではあるまい。今すこし行け」

坂道の登りで梶棒をはね上げれば、客はひとたまりもあるまい。この男はいったい何を考えているのだろうと、直吉は腕に力をこめながら訝《いぶか》しんだ。

「左の屋敷は荒れておるが」

「久留米《くるめ》の有馬様《ありまさま》でござんす。その先は豊前中津《ぶぜんなかつ》の奥平様《おくだいらさま》で」

「ほう。詳しいのう」

「このあたりは、死に遅れちまった場所なもんで」

侍はわかってくれたのだろうか。直吉の言葉を、あえて質《ただ》そうとはしなかった。

斬死しなければ自刃、それも叶わねば最寄りの藩邸に自訴して、潔く裁きを待つ。申し合わせていたわけではないが、当然の手順を十八人の同志はみなわきまえていたはずであった。

どこをどう徨《さまよ》うたかは忘れた。気がつけば同志ともはぐれ、東海道の薩州屋敷の辻に佇んでいた。

このあたりの下屋敷のどこかに自訴して出ようと思いつつ、雪の柘榴坂を登った。

あのとき命をつなぎ留めたものは、坂の中途の寒椿の垣根であった。ひといろの純白の中に、有馬屋敷の椿垣がたわわな紅《くれない》の花を咲かせていたのだった。

直吉は力をふりしぼって梶棒を引いた。雪の帳《とばり》の中に、あの日と同じ寒椿の垣が続いていた。

「もうよい。止めよ」

梶棒を下ろすと、直吉は笠を脱いで雪の上に座った。

そのとたんふいに、忘れていた声が唇を震わせた。

「そこもとの御執着、頭が下がり申す。存分に本懐を遂げられよ」

「立ち合わぬか」

「刀はとうに捨て申した」

「拙者は脇差でよい。お使いなされ」

大刀が膝前に置かれた。この男はもしや、返り討ちに果てることを望んでいるのではないかと直吉は思った。

「それではあの日と同じでござろう。そこもとは脇差にて戦うた」

「よく覚えておいでじゃ。物頭めが、柄袋を着せおったのよ」

「お名前を、お聞かせ願えるか」

「志村金吾と申す。掃部《かもん》頭様ご災難の折には、御駕籠回り近習役を相務めおり申した」

　志村金吾と名乗った侍は、脇差を抜いた。しかし雪の中に佇んだ姿には、戦う意志がいささかも感じられなかった。

　今さら人を殺《あや》めるのであれば、おのれが死にたいと直吉は思った。おそらくその思いは、金吾も同じなのであろう。同胞が相撃つ時代は終わったのだ。

　直吉は膝元に置かれた刀を執り、鞘《さや》を払った。柄巻《つかまき》は傷《いた》んでおり、鞘の漆は風雪に剝げ落ちてはいたが、刃はきのう打ちおろしたもののように、一点の翳《かげ》りもなく手入れがなされていた。

　腹を切る間はあるまい。瞬時にとどめられぬ素早さで、咽を搔き切ってしまおうと直吉は思った。

　それでこの男は罪に問われずにすみ、しかも本懐を遂げたことになる。十三年もの間、一点の翳りもない魂を持ち続けた侍に自分がしてやれることは、それだけだった。

「御免」

刀身を立てて頸《くび》をのしかけようとしたとき、金吾は体ごと当たって直吉を押し倒した。

「勝手は許さぬ」

「ならば、わしを討て」

二人はたがいにしがみつくようにして、雪の坂道を転げ回った。

揉み合いながら寒椿の垣の根方に直吉を押しこめ、金吾は仇の胸倉をしめ上げた。

「わしは、掃部頭様のお下知に順《したが》うだけじゃ。あのとき、掃部頭様は仰せになった。かりそめにも命をかけたる者の訴えを、おろそかには扱うなと。わかるか、十兵衛。掃部頭様はの、よしんばその訴えが命を奪う刃であっても、甘んじて受けるべきと思われたのじゃ。おぬしら水戸者は命をかけた。だからわしは、主の仇といえども、おぬしを斬るわけには参らぬ。御重役が何と申しても、命をかけたる者の訴えを、おろそかに扱うわけには参らぬ。士道が何じゃ、世の噂が何じゃ、わしは掃部頭様の家来ゆえ、掃部頭様のお下知に順う。おぬしを斬るならば、わしが死ぬ」

この男は十三年の間、仇を探してきたのではないと直吉は思った。桜田御門の綿雪の中にずっと立ちつくしていたのだ。歩み出すことも、遁《のが》れることも、死ぬことすらもできずに、彦根橋の御駕籠のかたわらに、十三年の間ずっと立ちつくしていた。

金吾の腕をすり抜けて、雪の上に落ちた血の色の椿を握りつぶし、十兵衛は泣いた。

自分もあの日からずっと、この椿の垣根のきわに座り続けていたのだと思った。

「佐橋殿――」

まるで心のうちを読んだように、志村金吾は震えながら言った。

「どうかそなたも、この垣根を越えてはくれまいか。わしも、そうするゆえ」

柘榴坂の宵は、あの日と同じ綿雪にくるまれていた。


酔いどれの人足に酌をする女房の姿など、考えるだにおぞましい。

幸い酒場の中には知った顔がなく、一見《いちげん》の客の正体に気付いているのは、当の女房殿だけだ。

顔をそむけてはならぬ。

「お侍さんは、あたしじゃなくっておセッちゃんがお気に入り」

銚子を弄《もてあそ》びながら、若い酌婦が言う。

「年増好みでの。すまんが、代わってやってくれぬか」

「はいはい。四十《しじゅう》しざかり、ってね。でも、おセッちゃんはあんがいお堅いよ。なにせ元はお武家の出なんだ」

金吾は背にした戸を少し開けて、静まり返った往来を眺めた。雪は已んだようだ。

「あの――」

別人のように身を固くして、妻は金吾のかたわらに座った。

「いったいどういう風の吹き回しですか。一日お留守で気を揉んでおりました」

盃を勧めながら、金吾はあたりを窺った。

「ともかく笑え。いきなり女房の顔になったのでは周りが怪しむ」

「あなたとお客とを一緒くたにはできません」

「一緒くたにせい。わしも客にはちがいない」

造り笑いはじきに切ない溜息に変わってしまった。

「セッ――」

まるで口説きでもするように、金吾は妻の耳に囁いた。

「太政官の布告が出ての。金輪際《こんりんざい》、仇討は禁止じゃと」

「おや、まあ」

この笑顔は造りものではなかろう。

「で、明日は世田谷の豪徳寺《ごうとくじ》に、掃部頭《かもん》様《さま》の墓参をいたそうと思う。政府がそのように申すのだから、いたしかたあるまい。おまえも伴をせい」

こみ上げる喜びを、妻は俯いて噛み殺していた。

「この先はいかがなされますか」

「ふむ。この先はの、俥でも引こうと思う」

「また、何と」

「新橋のステンショを根城にする俥引きが、古俥を一輛調達してくれるそうだ。きょうは先ほどまでその話をしておった」

妻はたまらずに、笑いながら泣いた。子を産ませることもできなかったこの妻の苦労を、膂力《りょりょく》の衰えた腕と足とで取り戻すことができるであろうか。いや、腕がちぎれ足が折れても、それだけは償わねばなるまい。秋元様の訓え諭《おし》してくれた垣根を越える努力とは、今さらほかには何もありえぬのだから。

きょうは一日、不覚にも涙にくれてしまったが、妻にだけは見せてはならぬと、金吾は席を立った。

「わしは一足先に戻る。おまえも早う帰れ」

「お待ち下さい。私もご一緒に」

もうたまらぬ。遁れるように酒場を出ると、金吾は泣きながら泥濘の辻を走った。

古い俥は華やかな朱色に塗ろう。つねづね徳川の先陣を賜わった、井伊の赤ぞなえの鎧《よろい》の色だ。梶棒は黒漆で、彦根橘の御家紋を刻む。

腕がちぎれ、足が折れるまで、明日からの戦場を先駆けてくれよう。

「おまえさまァ」

妻が追うてきた。

「早う来い。早う――」

闇に手を差し伸べながら、金吾は雪上がりの星空を仰ぎ見た。

掃部頭様はこのような士道の結着《けつじゃく》を許して下さるだろうか。

両手を夜空に泳がせて、志村金吾はにっかりと微笑まれる掃部頭様のお顔を、溢れる星座のどこかしらに探そうとした。

# 編者解説

末國善己

古書の街として知られる神田神保町、武道やスポーツの大会だけでなく人気アーティストのライブ会場としても有名な九段下の武道館から十分くらい歩いた竹橋に、国立公文書館がある。その前の道路を渡ると皇居東御苑の北桔橋門《きたはねばしもん》があり、中に入るとすぐに螺旋状のスロープがついた石垣が見える。ここが、江戸城の天守閣があったものの、「明暦の大火」後に必要なしとして再建されず石垣だけが残った天守台である。東京駅からも徒歩圏内にある皇居東御苑は、平日も観光客や丸の内近郊で働いている人たちで賑わっているが、濠の向こうは天皇、皇后の御所である「吹上仙洞御所」、昭和天皇、香淳皇后の御所だった「吹上大宮御所」、祭祀を行う「宮中三殿」などがある皇居となる。

皇居は都心にありながら、天皇がお住まいになられているがゆえに、多く人が行き交う皇居東御苑であっても落ち着いた雰囲気に包まれている。フランスの哲学者ロラン・バルトは日本論『表徴の帝国』の中で、皇居周辺の状況を「いかにもこの都市は中心をもっている。だが、その中心は空虚である」（宗左近訳）と分析している。だが皇居は、昔から〝空虚な中心〟だったわけではない。太田道灌が江戸城を築いた長禄元（一四五七）年から徳川家康が増改築して徳川幕府の中枢にした江戸時代、明治になり天皇の住居となって宮城と呼ばれた後も、太平洋戦争に敗戦した昭和二〇（一九四五）年くらいまでは常に政治の中心であり続けたのだ。

本書『動乱！ 江戸城』は、静謐な東京の一角が江戸城と呼ばれ、最も華やかだった江戸時代に、江戸城で起きた事件、それによって思わぬ運命の変転に見舞われた人たちを描いた短編八作をまとめ、年代順に並べたアンソロジーである。

令和元年となった二〇一九年は、先の天皇、皇后が退位されて上皇、上皇后になられ、新天皇、皇后が即位された。それにともない新天皇、皇后が「御所」に、上皇、上皇后が皇太子時代の天皇夫妻がお住まいになられた赤坂御用地に移られると発表され、皇居にも注目が集まっている。本書によって、皇居の歴史的な背景に思いを馳せていただければ幸いである。

**火坂雅志「梅、一輪」**（『常在戦場』文春文庫）

本作は、徳川家康を支えた七人の家臣を主人公にした『常在戦場』の一編で、家康と同世代で青年時代から苦楽を共にした大久保忠隣の栄光と挫折を描いている。

徳川家中を二分した一向一揆、武田信玄に大敗した三方ヶ原の戦い、豊臣秀吉と決戦するも戦術的には勝敗がつかず、戦略的には敗れた小牧・長久手の戦いなどを常に前線で戦ってきた忠隣は、滅亡した武田家の旧臣で、猿楽師ながら算勘も鉱山開発も得意だと売りこんできた大蔵藤十郎を召しかかえる。藤十郎の言葉は誇張ではなく、忠隣は藤十郎の才能を家康を天下人にするために使っていく。そして忠隣が小田原城主になった頃、藤十郎は大久保一族に迎え入れられ、名を大久保長安と改める。

大久保一族は家康の側近としてますます力をつけるが、その前に、謀略を得意とする本多正信・正純父子が立ちはだかる。一つの目標に向かって進んでいる組織は簡単に一枚岩になれるが、遠かったと思えた夢が実現できそうになると、ささいな利害で対立し、内部分裂を起こす。それは明治維新の立役者だった江藤新平、西郷隆盛らが反乱を起こし、悲劇的な最期を遂げたことを持ち出すまでもなく歴史が証明している。火坂は、江戸初期に幕府を揺るがした岡本大八事件、大久保長安事件などが、大久保家と本多家による主導権争いによって引き起こされたとしている。

江戸初期に経済官僚として辣腕を振るった長安は、職権を利用して私腹を肥やし、それが原因で死後に辱めを受け、大久保一族没落の遠因も作る。この展開を読むと、出世や金儲けは果たして人を幸福にするのかを、考えずにはいられない。

## 中村彰彦「名君と振袖火事」（『完本　保科肥後守お耳帖』実業之日本社文庫）

四代将軍家綱治政下の明暦三（一六五七）年一月十八日（旧暦）、本郷の本妙寺で発生した火災は、冬の乾燥と強い風によって広がった。さらに小石川、麴町でも火災が発生したことから二〇日に鎮火する頃には、焼失町数五百から八百、死者数三万から十万人ともいわれる大火災になった。これが江戸の大火の中でも最大の被害を出し、供養のために焼いていた振袖が原因とされたことから「振袖火事」の別名もある「明暦の大火」である。江戸城の被害も甚大で、本丸、二の丸が炎上、慶長十二（一六〇七）年、元和九（一六二三）年に続き寛永十四（一六三七）年に建てられた天守閣も焼け落ちている。この後、江戸は火除け地として上野に広小路を設け、両国橋を設置するなど火災に強い町にする大規模な再開発が行われた。現代人が知る江戸の町は、「明暦の大火」の後にデザインされたものといっても過言ではあるまい。

この「明暦の大火」の消火活動、鎮火後の武士と町人の生活再建、江戸の改造に尽力したのが会津藩主の保科肥後守正之である。正之の活躍を活写した本作は、正之の事績を連作形式で追った『完本　保科肥後守お耳帖』の一編である。

正之は玉川上水の開削を決めるなど重要な政策を実行しているが、やはり本領が発揮されるのは、「明暦の大火」への対応である。江戸城本丸に火が移り、家綱をどこに移すかが議論されるなか、火事で将軍が城を捨てることはあってはならないと主張し、幕府の御蔵前に火が迫った時には、火を防いだ者には蔵の米を持ち出してもよいと命じ、消火と困窮した町民への食料支援を同時に行うなど、次々と的確な対応策を出していく。火災、地震、風水害など現代の日本も災害が多いが、その対応にあたる為政者には、迅速な救助活動ができていない、被災者に寄り添った復興がなされていないなど不満を抱くことも多い。それだけに、すべてを完璧にやってのけた正之は理想の政治家に見えるのではないだろうか。

**山田風太郎「忍法肉太鼓」**　（『山田風太郎忍法帖短篇全集3』ちくま文庫）

本書は歴史小説を中心にしているが、風太郎〈忍法帖〉の一編で、実子がいなかった四代将軍家綱の後継者をめぐる争いに忍者をからめた本作は伝奇小説である。

伊賀者の六波羅十蔵を、同役の原助太夫、古坂内匠、菅沼主馬が訪ねてくる。隠密御用のため上州館林に潜入したまま行方不明になった伊奈甚八郎の死が確定し、後継者がいない伊奈家は断絶になったという。三人は、妻を使って忍法の工夫ばかりし、子供を作らない十蔵を心配し、助言に来たようなのだ。それから十日後、十蔵は大老の酒井雅楽頭忠清の呼び出しを受ける。酒井雅楽頭によると、家綱の体調が悪く世子がいないまま亡くなる可能性が高くなったらしい。このままだと気性の荒い綱吉が次期将軍になるが、酒井雅楽頭はこの流れに抵抗しており、女性を「十中六、七」の確率で妊娠させる十蔵の忍法で家綱の側室を妊娠させ、時間をかせごうとしたのだ。
だが大奥は、将軍以外は男子禁制。しかも警備を行っているのは、伊賀者である。風太郎は、家綱に後継者がいなかった史実、伊賀者が大奥を警備していた史実を使い、十蔵と、助太夫、内匠、主馬との迫力のバトルに圧倒的なリアリティを与えていた。
酒井雅楽頭の命令を忠実に実行した十蔵だったが、上層部の交代で運命の変転に見舞われる。下の者など歯牙にもかけず、無理難題を命じる上役はいつの時代もいるとの現実を突きつけるラストは、せつなく感じられるかもしれない。

（『其の一日』講談社文庫）

**諸田玲子「立つ鳥」**

旗本の荻原重秀は、五代将軍綱吉の時代に佐渡奉行、勘定奉行に就任し、知行（領地から収められる年貢米）と蔵米（給与として支給される米）の合計が五百石以上の旗本をすべて知行取りに変更する元禄地方直、金銀の採掘量が減り経済発展に必要な貨幣の流通量がまかなえないことから、金銀の含有量を減らした元禄金、元禄銀を作る貨幣改鋳など、経済改革に辣腕を振るった。だが重秀の経済改革は、インフレ（いわゆる元禄バブル）を起こして庶民の生活を直撃したとされ、それを政敵だった新井白石が見逃さず、賄賂を受け取ったなどと批判したため失脚している。
本作は、主人公たちの〝特別な一日〟に着目し第二十四回吉川英治文学新人賞を受賞した『其の一日』の一編で、拝領屋敷を追われる重秀の最後の一日を描いている。勘定下役の家に生まれた重秀は、努力に努力を重ね、将軍の覚えもめでたく、側室を置けるまでに出世したが、栄光は長くは続かず、ついに屋敷を出ることになった。重秀が置かれた状況は、大企業さえも終身雇用が維持できなくなり、成績が上げられなかったり、ミスをしたりすれば弊履のように捨てられる可能性がある現代の勤め人に近い。そのため読者は、現実を受け入れざるを得ないという諦念と復権の方策を模索する希望がせめぎ合う重秀の心情は身につまされるだろうし、最後の最後に安らぎを感じる重秀のようなことが自分にあるのかを考えることになるはずだ。

なお重秀の経済政策は、村井淳志『勘定奉行荻原重秀の生涯』などによって再評価が進んでいる。こうした研究の成果を踏まえ、諸田は、重秀の嫡男と婚約した過去がある女性を主人公に、重秀の死の謎を追った長編『風聞き草墓標』を書いているので、本作とあわせて読んで欲しい。

**安部龍太郎「世直し大明神」**　（『血の日本史』新潮文庫）

江戸城内での刃傷といえば、浅野内匠頭が吉良上野介に斬りつけ、赤穂四十七士による討ち入りの切っ掛けになった事件が有名である。ただ江戸城での刃傷はこれだけでなく、旗本の豊島明重、青野藩主の稲葉《いなば》正休《まさやす》、松本藩主の水野忠恒ら七人が加害者として歴史に名を残し、その中にはいじめに耐えかねた松平外記《げき》が、同僚五人を殺傷した「千代田の刃傷」と呼ばれる陰惨な事件も含まれている。

本作は古代から明治初期まで四十六の短編で日本の歴史をたどる『血の日本史』の一編で、田沼意次の息子・意知が、江戸城内で旗本の佐野政言に斬られ命を落とした事件を題材にしている。

賄賂政治家として名高い意次だが、近年は、経済の基盤を米にする農業中心の経済ではなく、貨幣中心の経済にシフトさせようとしたり、殖産興業や海外との交易を積極的に行ったりした有能な官僚だったとして再評価されている。また受け取ったとされる賄賂も、役職に就きたい武士や出入りの商人から付け届けを受け取るのは当時の慣例で、強い権限を持つ意次が多くの贈答品をもらったのは当然ともされている。

安部は、父に後継者になるべく厳しく育てられた意知も能吏の片鱗を見せていたが、志半ばで倒れたとする。折しも、浅間山の噴火による大飢饉は田沼の悪政が招いたとの風聞が広まっており、その元凶を倒した政言は「世直し大明神」と称賛される。この展開は、証拠や事実を冷静に判断するのではなく、社会に流れる漠然とした空気で物事を〝善〟か〝悪〟かに色分けしがちな日本人への批判のように感じられた。

## 松本清張「ある寺社奉行の死」（『レジェンド歴史時代小説 大奥婦女記』講談社文庫）

将軍の正室、側室、子女が暮らし、それを多くの奥女中が支えた大奥には、七代将軍家継の生母・月光院に仕える御年寄の江島（絵島とも）が、歌舞伎役者の生島新五郎と乱行したとされる「絵島生島事件」、谷中にある延命院の美貌の僧が、大身の旗本、大名の妻女を誘惑し、その中には大奥の女中もいたことから寺社奉行の脇坂安董《やすただ》が摘発に乗り出した「延命院事件」など、幾つもの醜聞があった。本作は、大奥の歴史を連作形式でたどる『大奥婦女記』の一編で、脇坂が扱ったもう一つの大奥スキャンダル「感応寺事件」を題材にしている。

脇坂に、祈禱のため日蓮宗の感応寺に持ち込まれる長持の数が多いとの情報がもたらされた。感応寺の僧と大奥の女中の密通を疑った脇坂は、危険な任務であることを承知で、家臣の上田五兵衛の娘たみを密偵として大奥に送り込むことを決める。

大谷《おおや》木醇堂《ぎじゅんどう》『燈前一睡夢』は、事件を「姦淫を行ふように成しゆへ、脇坂大人これをあやしみ尤《とが》めて、大目付へ沙汰して、ある時その長持を検して生人形の女をあらはしたりといふ」とまとめており、清張が史料を重視していることがうかがえる。

ただ脇坂が、家臣の娘を密偵にした内偵捜査を行ったのは「延命院事件」の方で、潜入したのも大奥ではなく延命院だったとされる。この経緯は、河竹黙阿弥が狂言『日月星享《じつげつせいきょう》和《わ》政談《せいだん》』に仕立てているので、広く知られていたはずだ。それなのに清張が、女密偵が活躍したのを「感応寺事件」にしたのは、ミステリとしての面白さを際立たせるためだったようにも思える。

**宇江佐真理「藤尾の局」**（『余寒の雪』文春文庫）

本作は第七回中山義秀文学賞を受賞した短編集『余寒の雪』の一編で、商家の家庭内トラブルと大奥ものを融合しており、市井人情ものの名手だった宇江佐らしい作品となっている。

両替商の大店・備前屋の主・清兵衛の後妻になったお梅は、亡き母の一周忌を待たずに再婚した父親が許せない息子二人と折り合いが悪く、娘のお利緒を生んだ後も関係改善ができなかった。息子たちは酒を呑んでは暴れるようになり、ついに清兵衛は、お利緒に婿を取って店を継がせるとして二人を追い出してしまう。その後も二人は清兵衛に金を無心していたが、暴れることもあるので、二人が店に来たらお梅とお利緒は身を隠すようになった。隠し部屋でお利緒は竹刀で二人を懲らしめてやりたいと話すが、それをお梅が止める。お利緒に「人を恨んだり妬んだり」しないといわれたお梅は、それを否定するため大奥に勤めていた時の話を始める。

大奥ものといえば、将軍の寵愛を競う正室、側室のドロドロした争いをイメージしがちだ。ただ本作は、正室、側室の生活を支える女中たちの仕事に焦点を当てており、従来の大奥ものとは違った趣になっている。大奥時代のお梅は、一所懸命の働きが認められ順調に出世をした。だが、そうなると嫉妬と憎悪にさらされるのは、いつの時代も変わらない。組織内での避けては通れない闘争を描いているだけに、お梅の気持ちは身近に感じられるように思える。
お梅の体験談は、お利緒を通して兄たちに伝わり、それを二人は立ち直るチャンスに繋げようとする。ただ単純なハッピーエンドにはなっておらず、堕落からの再起がいかに難しいか、失った信頼を回復することがいかに困難かを突き付ける展開になっている。この厳しいリアリズムが、物語を奥深くしていた。

（『五郎治殿御始末』中公文庫）

## 浅田次郎「柘榴坂の仇討」

安政七（一八六〇）年、彦根藩主であり幕府の大老も務める井伊直弼が駕籠で登城している時、江戸城桜田門外で、水戸藩脱藩者十七名、薩摩藩士一名に襲撃され殺された。世にいう「桜田門外の変」である。ペリー来航の直後に徳川十三代将軍家定が死去し、後継者をめぐって水戸藩主の徳川斉昭、越前藩主の松平春嶽、薩摩藩主の島津斉彬らが斉昭の息子で一橋徳川家の養子になっていた慶喜（一橋派）を、会津藩主の松平容保《かたもり》や直弼らが紀伊藩主の徳川慶福《よしとみ》（南紀派）を推す壮絶な政争を繰り広げ、南紀派が勝利して慶福が家茂《いえもち》として将軍となるが両派の遺恨は残った。まだ対立の余波が残るなか、直弼が勅許を得ないまま日米修好通商条約など五カ国との条約に調印したため、尊王攘夷派から激しい批判を受ける。尊王攘夷を唱えたのは一橋派が多かったことから、直弼は政敵の一掃も兼ねての弾圧、いわゆる「安政の大獄」を行う。尊王攘夷派の恨みが、「桜田門外の変」の原因の一つとされる。

直弼の護衛でありながら目の前で主君を殺された男のその後を描く本作は、江戸から明治という時代の変わり目を生きた侍たちを主人公にした短編集『五郎治殿御始末』の一編である。

撃剣が得意だったことから、心形刀流伊庭道場で修行し目録を授かる腕になり、直弼の近習役に抜擢された志村金吾だが、「桜田門外の変」で主君を殺され、犯人を探し出して首を取ることを厳命された。だが本懐が遂げられないまま明治を迎え、新政府は法で仇討ちを禁止してしまうのである。

明治に入っても旧弊とされた仇を探し続ける金吾は特殊な人物のように思えるが、職場のコミュニケーションをはかろうと部下を飲み会に誘うと、パワーハラスメントだといわれる危険が出てきたことからも分かるように、すべての人間は、古い価値観と新しい価値観の狭間に生きている。ようやく討つべき仇を見つけた金吾が最後に下した結論は、人はどのように過去と向き合い、新しい時代を生きるべきかを問い掛けているのである。

【編者略歴】

末國善己《すえくによしみ》

一九六八年広島県生まれ。明治大学卒業、専修大学大学院博士後期課程単位取得中退。歴史時代小説・ミステリーを中心に活躍する文芸評論家。著書に『時代小説で読む日本史』（文藝春秋）、『夜の日本史』（辰巳出版）、『読み出したら止まらない！ 時代小説 マストリード１００』（日経文芸文庫）共著に『名作時代小説１００選』（アスキー新書）などがある。編書に『国枝史郎伝奇風俗／怪奇小説集成』『山本周五郎探偵小説全集』『岡本綺堂探偵小説全集』『小説集 黒田官兵衛』『小説集 竹中半兵衛』（以上作品社）、『軍師の生きざま』『軍師の死にざま』（作品社・実業之日本社文庫）、『軍師は死なず』『決戦！ 大坂の陣』『永遠の夏 戦争小説集』（実業之日本社文庫）、『志士 吉田松陰アンソロジー』（新潮文庫）などがある。

## 実業之日本社文庫　好評既刊

宇江佐真理
おはぐろとんぼ　江戸人情堀物語
堀の水は、微かに潮の匂いがした――薬研堀、八丁堀、夢堀……江戸下町を舞台に、涙とため息の日々に訪れる小さな幸せを描く珠玉作。（解説・遠藤展子）
う21

宇江佐真理
酒田さ行ぐさげ　日本橋人情横丁
この町で出会い、あの橋で別れる――お江戸日本橋に集う商人や武士たちの人間模様が心に深い余韻を残す、名手の傑作人情小説集。（解説・島内景二）
う22

宇江佐真理
為吉　北町奉行所ものがたり
過ちを一度も犯したことのない人間はおらぬ――与力、同心、岡っ引きとその家族ら、奉行所に集う人間模様。名手が遺した感涙長編。（解説・山口恵以子）
う23

中村彰彦
完本　保科肥後守お耳帖
徳川幕府の危機を救った名宰相にして会津藩祖・保科肥後守正之。難事件の解決や温情ある名裁きなど、名君の人となりを活写する。（解説・岡田 徹）
な11

中村彰彦
真田三代風雲録（上）
真田幸隆、昌幸、幸村。小よく大を制し、戦国の世に最も輝きを放った真田一族の興亡を歴史小説の第一人者が描く、傑作大河巨編！
な12

中村彰彦
真田三代風雲録（下）
大坂冬の陣・夏の陣で「日本一の兵（つわもの）」と讃えられた真田幸村の壮絶なる生きざま！　真田一族の興亡を描く巨編、完結！（解説・山内昌之）
な13

# 実業之日本社文庫　好評既刊

火坂雅志
## 上杉かぶき衆
前田慶次郎、水原親憲ら、直江兼続とともに上杉景勝を盛り立てた戦国の「もののふ」の生き様を描く「天地人」外伝、待望の文庫化!（解説・末國善己）
ひ31

山田風太郎、吉川英治ほか／末國善己編
## 軍師は死なず
池波正太郎、西村京太郎、松本清張ほか、豪華作家陣による〈傑作歴史小説集〉。黒田官兵衛、竹中半兵衛をはじめ錚々たる軍師が登場!

ん23

司馬遼太郎、松本清張ほか／末國善己編
## 決戦! 大坂の陣
大坂の陣400年! 大坂城を舞台にした傑作歴史・時代小説を結集。安部龍太郎、小松左京、山田風太郎など著名作家陣の超豪華作品集。

ん24

火坂雅志、松本清張ほか／末國善己編
## 決闘! 関ヶ原
徳川家康没後400年記念 特別編集。天下分け目の大決戦! 火坂雅志、松本清張ほか超豪華作家陣が描く傑作歴史・時代小説集。
ん26

池波正太郎・森村誠一 ほか／末國善己編
## 血闘! 新選組
江戸・試衛館時代から池田屋騒動など激闘の壬生時代、箱館戦争、生き残った隊士のその後まで「誠」を背負った男たちの生きざま! 傑作歴史・時代小説集。

ん27

安部龍太郎、隆慶一郎ほか／末國善己編
## 龍馬の生きざま
京の近江屋で暗殺された坂本龍馬。妻・お龍、姉・乙女、暗殺犯・今井信郎、人斬り以蔵らが見た真実の姿。龍馬の生涯に新たな光を当てた歴史・時代作品集。

ん28

実業之日本社文庫 ん29

動乱《どうらん》！ 江戸城《えどじょう》

2019年8月15日　初版第1刷発行

著　者　火坂雅志《ひさかまさし》、中村彰彦《なかむらあきひこ》、山田風太郎《やまだふうたろう》、諸田玲子《もろたれいこ》、
安部龍太郎《あべりゅうたろう》、松本清張《まつもとせいちょう》、宇江佐真理《うえざまり》、浅田次郎《あさだじろう》

発行者　岩野裕一
発行所　株式会社実業之日本社
〒107-0062　東京都港区南青山5-4-30
CoSTUME NATIONAL Aoyama Complex 2F
電話 [編集]03(6809)0473 [販売]03(6809)0495
ホームページ http://www.j-n.co.jp/
印刷所　大日本印刷株式会社
製本所　大日本印刷株式会社

フォーマットデザイン　鈴木正道（Suzuki Design）


ISBN978-4-408-55500-3（第二文芸）